ORIENTE,
OCIDENTE

SALMAN RUSHDIE

ORIENTE, OCIDENTE

Tradução
Melina R. de Moura

Copyright © 1994 by Salman Rushdie

Grafia atualizada segundo o Acordo Ortográfico da Língua Portuguesa de 1990, que entrou em vigor no Brasil em 2009.

Título original
East. West

Capa
Jeff Fisher

Revisão
Renato Potenza Rodrigues
Juliane Kaori

Atualização ortográfica
Verba Editorial

Dados Internacionais de Catalogação na Publicação (CIP)
(Câmara Brasileira do Livro, SP, Brasil)

Rushdie, Salman.
   Oriente, Ocidente / Salman Rushdie ; tradução Melina R. de Moura. — São Paulo : Companhia das Letras, 2011.

   Título original: East. West.
   ISBN 978-85-359-1852-6

   1. Contos indianos (Inglês) I. Título.

11-03182 CDD-823

Índice para catálogo sistemático:
1. Contos : Literatura indiana em inglês 823

2011

Todos os direitos desta edição reservados à
EDITORA SCHWARCZ LTDA.
Rua Bandeira Paulista, 702, cj. 32
04532-002 — São Paulo — SP
Telefone: (11) 3707-3500
Fax: (11) 3707-3501
www.companhiadasletras.com.br

Para Andren e Gillon

SUMÁRIO

ORIENTE
Bom conselho é mais raro que rubis *10*
A rádio livre *20*
O cabelo do profeta *31*

OCIDENTE
Yorick *50*
No leilão dos chinelos de rubi *66*
Cristóvão Colombo e rainha Isabel de Espanha consumam seu relacionamento (Santa Fé, a. d. 1492) *80*

ORIENTE, OCIDENTE
A harmonia das esferas *92*
Tchekhov e Zulu *109*
O corteiro *128*

Agradecimentos *159*
Sobre o autor *161*

ORIENTE

BOM CONSELHO É MAIS RARO QUE RUBIS

Na última terça-feira do mês, o ônibus da madrugada, os faróis ainda brilhando, trouxe a srta. Rehana até os portões do consulado britânico. O ônibus chegou empurrando uma nuvem de poeira, velando a beleza dela dos olhos dos estranhos até ela descer. O veículo estava vivamente pintado com arabescos multicoloridos, e na frente se lia "AVANTE BELEZA" em letras verdes e douradas; na traseira, o adendo "TATA-BATA" e "O.K. BOA-VIDA". A srta. Rehana disse para o motorista que aquele era um belo ônibus, e ele saltou para fora e segurou a porta para ela, curvando-se teatralmente enquanto ela descia.

Os olhos da srta. Rehana eram bastante grandes, pretos e brilhantes para não precisarem da ajuda do antimônio, e quando o especialista em conselho Muhammad Ali os viu ele se sentiu voltando a ser jovem outra vez. Observou-a se aproximar dos portões do consulado à medida que a luz se intensificava, e perguntar ao *lala* que os guardava, vestido com um uniforme cáqui de botões dourados e um turbante cocardo, a que horas seriam abertos. O *lala*, em geral muito rude com as mulheres das terças-feiras no consulado, respondeu à srta. Rehana com algo assim como cortesia.

— Daqui a meia hora — disse com rispidez. — Talvez duas horas. Quem sabe? Os *sahibs* estão fazendo o desjejum.

A poeirenta área entre o ponto de ônibus e o consulado já estava cheia com as mulheres das terças-feiras, algumas com véu, umas poucas com o rosto descoberto, como a srta. Rehana. Todas pareciam assustadas e se apoiavam com todo o peso nos braços de tios ou irmãos, que tentavam dar a impressão de confiantes. Mas a srta. Rehana viera sozinha, e não parecia de modo algum alarmada.

Muhammad Ali, que se tinha especializado em aconselhar as mais aparentemente vulneráveis dessas suplicantes semanais, viu seus pés levando-o na direção da moça de olhos grandes, estranha e independente.

— Dona — ele começou. — Veio pegar o visto para Londres, não veio?

Ela estava parada junto à barraca de petiscos na pequena maloca no canto do pátio, mastigando com satisfação *pakoras* apimentadas. Ela se virou para encará-lo e, muito de perto, aqueles olhos fizeram mal ao tubo digestivo dele.

— Vim, sim.

— Então, por favor, se me permitir, posso lhe dar algum conselho? Por pouco dinheiro.

A srta. Rehana sorriu.

— Bom conselho é mais raro que rubis — ela disse. — Mas não, não posso pagar. Sou órfã, não uma de suas madames ricas.

— Confie em minhas cãs — Muhammad Ali lhe pediu. — Meu conselho é bem temperado pela experiência. Com certeza vai achá-lo útil.

Ela abanou a cabeça.

— Pois te digo que sou uma pobretona. Aqui há mulheres acompanhadas de homens da família, todos ganhando bons salários. Procure-as. Bom conselho deve valer bom dinheiro.

"Estou enlouquecendo", Muhammad Ali pensou, porque ouviu sua voz falando para ela por conta própria:

— Dona, vim até a senhorita trazido pelo Destino. Que fazer? Nosso encontro estava escrito. Eu também sou só um pobretão, mas para a senhorita meu conselho é grátis.

Ela sorriu outra vez.

— Então devo mesmo ouvir. Quando o Destino manda um presente, a gente recebe boa sorte.

Ele a conduziu até a baixa escrivaninha de madeira em seu cantinho especial da maloca. Ela o seguia, sem parar de comer as *pakoras* que estavam num pacotinho de papel de jornal. Não lhe ofereceu nenhuma.

Muhammad Ali pôs uma almofada no chão poeirento.

— Se sente, por favor.

Ela se sentou enquanto ele convidava. Ele se sentou cruzando as pernas, a escrivaninha os separando, ciente de que duas ou três dúzias de olhares masculinos estavam cravados nele com inveja, de que todos os outros homens da maloca comiam com os olhos a última adorável jovenzinha a ser atraída pelo velho e grisalho impostor. Ele respirou fundo, compondo-se.

— Nome, por favor.

— Senhorita Rehana — ela lhe disse. — Noiva de Mustafá Dar, de Bradford, Londres.

— Bradford, Inglaterra — corrigiu-a gentilmente. — Londres é só uma cidade, como Multán ou Bahawalpur. A Inglaterra é um grande país repleto dos peixes mais frios do mundo.

— Sei. Obrigada — ela respondeu circunspecta, de modo que ele não sabia ao certo se ela estava fazendo troça dele.

— Preencheu o formulário? Então me deixe ver, por favor.

Ela lhe entregou um documento cuidadosamente dobrado num envelope pardo.

— Está certo? — Pela primeira vez transpareceu um toque de ansiedade na voz dela.

Ele bateu de leve no tampo da escrivaninha perto de onde a mão dela descansava.

— Acho que sim — ele respondeu. — Um momento que vou verificar.

Ela comeu todas as *pakoras* enquanto ele examinava os papéis.

— Tudo bem — ele declarou. — Tudo em ordem.

— Obrigada pelo seu conselho — disse, ameaçando se levantar. — Vou lá agora esperar no portão.

— O que é que a senhorita está pensando? — gritou ele alto, batendo os dedos contra a testa. — Acha que isso é coisa fácil? Simplesmente entrega o formulário e pronto, com um enorme sorriso entregam o visto? Senhorita Rehana, vou lhe dizer, a senhorita está entrando num lugar pior que uma delegacia.

— É mesmo? — A retórica de Ali funcionou. Ela era uma audiência cativa agora, e ele podia olhá-la mais demoradamente por uns momentos.

Respirando mais calmamente, ele investiu no discurso preparado. Contou-lhe que os *sahibs* acham que todas as mulheres que vêm às terças-feiras, alegando serem dependentes de motoristas de ônibus em Luton ou de contadores diplomados em Manchester, são desonestas, mentirosas e trapaceiras.

Ela protestou:

— Mas então eu simplesmente vou dizer pra eles que eu, pra variar, não sou nada disso!

A inocência dela fê-lo estremecer de temor por ela. Ela era um pardal, disse isso para ela, e eles eram homens com olhos velados, como gaviões. Explicou que eles lhe fariam perguntas, perguntas pessoais, perguntas que mesmo o irmão de uma moça teria muita vergonha de perguntar. Eles iriam perguntar se ela era virgem, e, se não, quais eram os hábitos sexuais do noivo, e que apelidos secretos um tinha colocado no outro.

Muhammad Ali falou com brutalidade, de propósito, para atenuar o choque que ela sentiria quando aquilo, ou algo parecido com aquilo, acontecesse. Os olhos dela permaneceram inalterados, mas as mãos começaram a tremer na quina da escrivaninha.

Ele prosseguiu:

— Vão lhe perguntar quantos cômodos há na casa de sua família, de que cor são as paredes, e em que dias a senhorita põe o lixo fora. Vão lhe perguntar o nome do meio da enteada da tia do primo de terceiro grau da mãe de seu homem. E tudo isso já foi perguntado para o seu Mustafá Dar lá na Bradford dele. E se cometer algum engano, a senhorita está perdida.

— Sim — ela disse, e ele pôde ouvi-la disciplinando a voz. — E qual é seu conselho, meu senhor?

Era neste ponto que Muhammad Ali em geral começava a sussurrar com urgência, para mencionar que ele conhecia um homem, um sujeito de muito bom caráter, que trabalhava no consulado, e que por intermédio dele, por uma taxa, os documentos necessários poderiam ser entregues, com todos os selos requeridos autenticados. Um bom negócio, porque as mulheres com frequência lhe pagavam quinhentas rupias ou lhe davam um bracelete de ouro em troca dos esforços dele, e se iam muito satisfeitas.

Elas vinham de uma distância de centenas de quilômetros — ele normalmente se certificava disso antes de começar a lográ-las —, de modo que, mesmo quando descobrissem que tinham sido ludibriadas, era improvável que retornassem. Elas iam para Sargodha ou Lalukhet e faziam as malas, e sabe-se lá em que ponto se davam conta de que tinham sido enganadas, mas, de qualquer maneira, era um ponto tarde demais.

A vida é dura, e um velho tem que viver de seu tino. Não cabia a Muhammad Ali ter compaixão por aquelas mulheres das terças-feiras.

Mas de novo a voz dele o traiu, e em vez de embarcar no habitual discurso ele começou a revelar para Rehana o grande segredo dele.

— Senhorita Rehana — a voz dele disse, e ele a ouviu espantado —, a senhorita é uma pessoa rara, uma joia, e pela senhorita eu faria o que não faria por minha própria filha, talvez. Estou de posse de um documento que pode eliminar de uma só vez todas as suas preocupações.

— E o que é este documento mágico? — ela perguntou, os olhos sorrindo francamente para ele agora.

A voz dele quase não se ouvia.

— Senhorita Rehana, é um passaporte britânico. Totalmente genuíno e garantido. Tem um grande amigo meu que vai pôr seu nome e sua foto, e depois, zás!, a Inglaterra é toda sua!

Pronto, falou!

Tudo era possível agora, neste dia de sua insanidade. Provavelmente lhe ofereceria a coisa de graça, e depois se arrependeria por um ano inteiro.

"Estúpido", ralhou consigo mesmo. "Os estúpidos mais velhos são enfeitiçados pelas moças mais jovens."

— Deixe-me ver se eu o estou entendendo — ela dizia. — O senhor está me propondo que cometa um crime...

— Crime não — ele contrapôs. — Facilitação.

— ...e vá para Bradford, Londres, ilegalmente, e portanto justifique a baixa opinião que os *sahibs* do consulado têm de todas nós. Velho *babuji*, este não é um bom conselho.

— Bradford, *Inglaterra* — ele a corrigiu pesarosamente. — A senhorita não deveria aceitar meu presente com tal espírito.

— E agora, o quê?

— *Bibi*, sou um sujeito pobre, e ofereci este prêmio porque a senhorita é muito bonita. Não cuspa na minha generosidade. Aceite. Ou então não aceite, volte para casa, esqueça a Inglaterra, apenas não entre naquele prédio e perca sua dignidade.

Mas ela já estava de pé, afastando-se dele, caminhando na direção dos portões, onde as mulheres começavam a se aglomerar e o *lala* praguejava com elas para que tivessem paciência, senão nenhuma delas seria atendida de jeito nenhum.

— Então passe por tola — Muhammad Ali gritou enquanto Rehana se ia. — Ninguém tem nada a ver com isso, não é? (Querendo dizer que ele não tinha nada a ver com aquilo.)

Ela não se voltou para trás.

— É a maldição de nosso povo — ele berrou. — Somos pobres, somos ignorantes, e nos recusamos completamente a aprender.

— Ei, Muhammad Ali — chamou a mulher da barraca de areca em frente. — Que azar, ela gosta dos jovens.

Nesse dia, Muhammad Ali nada fez a não ser ficar por perto dos portões do consulado. Várias vezes se repreendeu:

"Vá-se daqui, velho palerma, a senhorita não deseja falar mais com você". Mas, quando saiu, ela o viu esperando.

— Salama, conselheiro — ela o saudou.

Parecia calma, e em paz com ele de novo, e ele pensou: "Meu Deus, meu Alá, ela se saiu bem. Os *sahibs* britânicos também se embeberam nos olhos dela e ela conseguiu o visto para entrar na Inglaterra".

Ele lhe sorriu esperançoso. Ela sorriu de volta toda despreocupada.

— Senhorita Rehana Begum — ele disse —, felicitações, filha, pelo que é obviamente sua hora de triunfo.

Impulsivamente, ela lhe tocou o braço com a mão.

— Venha — ela disse. — Deixe-me comprar-lhe uma *pakora* para agradecer pelo seu conselho e para me desculpar por minha rispidez também.

Ficaram em meio à poeira da tarde do pátio perto do ônibus, que já estava se preparando para partir. Cules amarravam no teto colchões enrolados. Um mascate berrava para as passageiras, tentando vender histórias de amor e ervas medicinais, ambas as quais curavam infelicidade. A srta. Rehana e um feliz Muhammad Ali comiam suas *pakoras* sentados no "para-lama da frente", ou seja, o para-choque. O velho especialista em conselhos começou a cantarolar suavemente uma canção da trilha sonora de um filme. O calor do dia se fora.

— Foi um compromisso arranjado — a srta. Rehana disse de uma vez. — Eu tinha nove anos de idade quando meus pais o acertaram. Mustafá Dar já tinha trinta anos naquela época, mas meu pai queria alguém que cuidasse de mim como ele mesmo tinha cuidado, e Mustafá era um homem conhecido entre os *daddyji* como um sujeito sensato. Então meus pais morreram e Mustafá Dar foi para a Inglaterra e disse que ia mandar me buscar. Isso foi há muitos anos. Tenho a fotografia dele, mas ele é como um estranho para mim. Mesmo a voz dele não reconheço ao telefone.

A confissão pegou Muhammad Ali de surpresa, mas ele assentiu com a cabeça com o que ele esperava ser sabedoria.
— Contudo, e afinal de contas — disse —, os pais agem em nome do melhor interesse dos filhos. Escolheram para a senhorita um homem bom e honesto que manteve a palavra e mandou buscá-la. E agora a senhorita tem uma vida inteira para conhecê-lo, e amá-lo.

Ele agora ficou intrigado com a amargura que contaminou o sorriso dela.
— Mas, meu senhor — ela lhe perguntou —, por que já me pôs na mala e me despachou para a Inglaterra?
Ele se levantou, chocado.
— A senhorita parecia feliz, de modo que simplesmente entendi que... me desculpe, mas eles a recusaram ou o quê?
— Respondi mal todas as perguntas — ela disse. — Sinais distintos eu coloquei nas bochechas erradas, a decoração do banheiro eu refiz completamente, tudo absolutamente às avessas.
— Mas o que vai fazer? Como vai para lá?
— Agora vou voltar para Lahore e para o meu emprego. Trabalho numa casa grande, como *ayah* de três bons meninos. Eles ficariam tristes me vendo ir embora.

— Mas isso é uma tragédia — Muhammad Ali lamentou. — Ah, como eu gostaria que tivesse aceitado minha oferta! Mas agora não é possível, sinto informar. Agora arquivaram seu formulário, podem fazer comparação, mesmo o passaporte pode não ser suficiente. Está arruinado, tudo arruinado, e podia ter sido tão fácil se tivesse aceitado o conselho em tempo.

— Não acho — ela lhe disse —, realmente não acho que o senhor deva ficar triste.

O último sorriso dela, que ele observou dali do pátio até o ônibus esconder numa nuvem de poeira, era a coisa mais feliz que ele jamais viu em sua vida longa, quente, difícil e sem afeto.

A RÁDIO LIVRE

Todos nós sabíamos que nada de bom ia acontecer para ele enquanto a viúva do ladrão tivesse as garras enterradas na carne dele, mas o rapaz era inocente, uma verdadeira vaca de presépio, vá ensinar gente assim.

Esse rapaz podia ter tido uma vida boa. Deus o abençoara com a aparência mesma de Deus, e o pai fora para a cova no lugar dele, mas não deixara ele para o filho um triciclo jinriquixá novinho em folha com assentos cobertos de plástico e tudo? Pois então: aparência ele tinha, o próprio negócio ele tinha, teria havido uma boa esposa em tempo tivesse ele tirado alguns anos para poupar algumas rupias; mas não, ele tinha que se apaixonar pela viúva de um ladrão antes que a penugem tivesse tempo de crescer na cara, antes que os dentes de leite tivessem caído, se poderia dizer.

Nós sentimos por ele, mas quem ouve a sabedoria dos velhos hoje em dia?

Digo: quem ouve?

Exatamente; ninguém, decerto não um cabeça-dura como Ramani do jinriquixá. Mas eu culpo a viúva. Vi acontecer, sabe, acompanhei boa parte até não aguentar mais. Eu me sentava debaixo desta mesma figueira-de-bengala, fumando este mesmíssimo narguilé, e muito pouca coisa escapava da minha atenção.

E uma vez tentei salvá-lo do destino, mas não tinha como...

A viúva era sem dúvida atraente, não há como negar, numa espécie de jeito vicioso não tinha nada de errado dela, mas o caráter dela é que estava podre. Dez anos mais velha que Ramani ela devia ser, cinco filhos vivos e dois mortos, o que aquele ladrão fez além de roubar e de fazer filhos só Deus sabe, mas ele não deixou pra ela nem um *paisa* novo, de modos que claro que ela ia se interessar por Ramani. Não estou dizendo que um puxador de jinriquixá ganha bem nesta cidade, mas melhor ter dois bocados para comer do que viver de brisa. E nem toda a gente vai olhar duas vezes para a viúva de um vadio.

Se conheceram exatamente aqui.
Um dia Ramani circulou pela cidade, sem um passageiro sequer, mas sorrindo como sempre, como se alguém tivesse dado para ele uma bela de uma gorjeta, cantarolando junto com uma música que tocava no rádio, o cabelo cheio de brilhantina como se fosse para um casamento. Ele não era nada bobo pra não perceber que as moças ficavam de olho nele o tempo todo e faziam comentários sobre suas pernas longas e bem musculosas.

A viúva do ladrão tinha ido à loja do baneane comprar três grãos de guandu e não vou dizer de onde vinha o dinheiro, mas as pessoas viram homens à noite perto da choça dela, até do baneane mesmo me contaram, mas eu pessoalmente não vou dizer nada.

Com ela estavam todos os cinco pirralhos, e então, fresca como um abanador, ela chamou: "Ei! Jinriquixá!". Alto, sabe, como se fosse um mascate. Mostrando pra nós que ela pode andar de jinriquixá, como se alguém estivesse interessado. Os filhos devem ter passado fome pra pagar a viagem, mas na minha opinião foi um investimento que ela fez, porque é bem capaz que ela já tinha resolvido botar as garras em Ramani. Então todos eles entraram no jinriquixá e ele a levou, e com os cinco filhotes e mais a viúva o peso era bem grande, de modos que ele arfava, e as veias saltavam nas pernas dele, e eu pensei: "Cuidado, meu filho, senão vai ter que puxar este fardo a vida inteira".

Mas depois disso Ramani e a viúva do ladrão eram vistos em toda parte, sem pudor, em lugares públicos, e ainda bem pra mim que a mãe dele estava morta porque se ela estivesse viva pra ver isso o rosto dela teria murchado de vergonha.

Às vezes naquela época Ramani vinha nesta rua à noite para se encontrar com alguns amigos, e eles achavam que eram bastante espertos porque iam para o cômodo do fundo da cantina de Irani e bebiam bebida alcoólica ilegal, só que claro que todo mundo sabia, mas quem é que ia fazer alguma coisa, se os rapazes arruínam a vida deles é problema da família deles.

Me entristecia ver Ramani metido com aquelas más companhias. Eu conhecia os pais dele quando estavam vivos. Mas quando eu disse para Ramani que deixasse de andar com aqueles malandros, ele sorriu como uma ovelha e me falou que eu estava errado, que nada de ruim estava acontecendo.

"Deixa pra lá", pensei.

Eu conhecia os amiguinhos dele. Todos eles usavam braçadeiras do novo Movimento da Juventude. Era a época do estado de emergência, e aqueles amigos não eram pacíficos, corriam histórias de espancamentos, então eu me sentava quieto debaixo da minha árvore. Ramani não usava braçadeira, mas andava com eles porque eles o impressionavam, o bobo.

Esses rapazes de braçadeiras estavam sempre adulando Ramani. Um sujeito bonitão, diziam para ele, comparados a você, Shashi Kapoor e Amitabh não passam de morféticos, você devia ir para Bombaim e trabalhar em cinema.

Eles o adulavam com sonhos porque sabiam que podiam tirar dinheiro dele jogando cartas e ele lhes pagava bebida enquanto o adulavam, embora não fosse mais endinheirado do que eles. Então àquela altura a cabeça de Ramani estava cheia desses sonhos de cinema, porque não tinha mais nada lá dentro para ocupar qualquer espaço, e esta é outra razão por que eu culpo a viúva, porque ela era mais velha e devia ter tido mais senso. Num estalo de dedos ela podia ter feito ele esquecer essa coisa toda, mas não, eu a ouvi dizendo para ele um dia para todo mundo ouvir: "Você de fato tem as feições de Krishna, só que você não é todinho azul". Na rua! De modos que todo mundo sabia que eram amantes! Daquele dia em diante eu tive certeza de que ia acontecer um desastre.

Na outra vez que a viúva do ladrão saiu à rua para ir à loja do baneane eu resolvi agir. Não por minha causa mas pelos parentes mortos do rapaz corri o risco de passar vergonha por uma... não, não vou xingar ela com o nome, ela está em outro lugar e eles sabem o que ela é.

— Viúva do ladrão! — gritei.

Ela parou na hora, contraindo o rosto de um jeito feio, como se eu tivesse lhe dado uma chicotada.

— Venha cá e fale — eu disse para ela.

Ela não podia recusar porque eu não sou uma pessoa sem importância na cidade e talvez ela tivesse pensado que, se as pessoas vissem a gente conversando, elas deixariam de ignorá-la quando passasse, de modos que ela se aproximou, como eu sabia que ia acontecer.

— Tenho só uma coisa para dizer — ralei para ela com dignidade. — Ramani, o rapaz do jinriquixá, me é muito querido, e você tem que achar uma pessoa da sua idade, ou, melhor ainda, ir aos *ashrams* das viúvas em Benares e passar o resto da vida orando, agradecendo a Deus que a queima de viúvas é ilegal hoje em dia.

Aí então ela tentou me fazer passar vergonha, berrando, me amaldiçoando, dizendo que eu era um velho peçonhento que já devia estar morto há muito tempo, e depois falou:

— Pois vou te dizer, seu *sahib* professor aposentado, que o seu Ramani me pediu em casamento e eu disse que não, porque não quero ter mais filhos, e ele é um homem jovem que deve ter lá os filhos dele. Então conte isso pro mundo inteiro e pare com seu veneno de cobra.

Por um momento depois disso, fechei meus olhos para esse caso do Ramani e da viúva do ladrão, porque tinha feito tudo o que podia e havia muitas outras coisas na cidade que interessavam a uma pessoa como eu. Por exemplo, o funcionário da saúde local tinha levado à rua uma enorme caravana branca e tinha recebido permissão para estacionar no caminho debaixo da figueira-de-bengala; e todas as noites homens eram levados até esse furgão por um instante e lhes faziam algumas coisas.

Eu não fazia questão de estar na vizinhança nessas horas, porque os rapazes com braçadeiras estavam sempre lá, de modos que peguei meu narguilé e fui me sentar em outro lugar. Ouvi boatos do que acontecia na caravana, mas fechei meus ouvidos.

Mas foi enquanto essa caravana, que cheirava a éter, esteve na cidade que a extensão da perniciosidade da viúva se tornou clara; porque nessa época Ramani de repente começou a falar de sua nova fantasia, dizendo para todo mundo que encontrava que dali a pouco tempo ele ia receber um presente muitíssimo especial e personalizado do próprio governo central em Nova Delhi, e esse presente seria um radiotransistor de primeira classe, novo em folha e que funcionava com bateria.

* * *

Logo depois que esse sonho de rádio foi mencionado pela primeira vez, Ramani e a viúva do ladrão se casaram, e aí entendi tudo. Não fui às núpcias — era pobre demais segundo se falava —, mas não muito depois falei com Ram quando um dia ele passou pela figueira-de-bengala com o jinriquixá vazio.

Ele veio se sentar do meu lado e eu perguntei:

— Meu filho, você foi à caravana? Que é que você deixou eles te fazerem?

— Não se preocupe — ele respondeu. — Tudo é tão maravilhoso. Estou apaixonado, mestre *sahib*, e fiz o possível para me casar com a mulher que amo.

Confesso que fiquei com raiva; de fato, quase chorei assim que me dei conta de que Ramani tinha se submetido voluntariamente a uma humilhação que estava sendo imposta aos outros homens que eram levados à caravana. Ralhei com ele com aspereza:

— Meu tolo filho, você deixou aquela mulher te privar da masculinidade!

— Não é tão mal assim — Ram disse, se referindo a *nasbandi*. — Não impede fazer sexo nem nada, me desculpe, mestre *sahib*, por falar nisso. Só impede ter filhos, e minha mulher não quer mais ter filhos, então agora tudo está cem por cento o.k. E também é do interesse do país — ele assinalou. — E logo o rádio grátis vai chegar.

— O rádio grátis — repeti.

— É, não se lembra, mestre *sahib* — disse Ram confidencialmente —, uns anos atrás, nos meus tempos de menino, quando Laxman, o alfaiate, fez essa operação? Um dia o rádio chegou e de todas as partes da cidade as pessoas vinham se juntar para escutar. É assim que o governo diz obrigado. Será excelente ter um.

— Vai, vá-se embora — gritei com desespero, e não tive

coragem de dizer para ele o que todo mundo no país já sabia, que era que o esquema rádio grátis já era, morto havia muito tempo, havia muito tempo esquecido. Tinha acabado, defunto!, havia anos.

Depois desses acontecimentos, a viúva do ladrão, que era agora a mulher de Ram, não veio à cidade com muita frequência, sem dúvida muito envergonhada do que o fez fazer, mas Ramani trabalhava mais horas do que nunca antes, e toda vez que via uma das muitas pessoas com quem falara do rádio ele tapava o ouvido com a mão, como se já estivesse segurando o maldito aparelho, e imitava as transmissões com uma certa habilidade energética.

— *Yé Akashvani hai* — anunciava nas ruas. — Esta é a Rádio Índia. Vamos ao noticiário. Um porta-voz do governo anunciou que o rádio do jinriquixá do Ramani estava a caminho e seria transmitido a qualquer momento. E agora um pouco de música. — Depois do quê, ele cantava canções de Asha Bhonsle ou Lata Mangeshkar num alto e ridículo falsete.

Ram sempre teve a rara capacidade de acreditar totalmente em seus sonhos, e havia momentos em que sua fé no rádio imaginário quase nos arrastava para dentro, de modos que meio que acreditávamos que o rádio estava a caminho, ou mesmo que já tinha chegado, posto em concha invisivelmente contra o ouvido enquanto ele girava o jinriquixá pelas ruas da cidade. Começamos a ficar na expectativa de ouvir Ramani, na virada de uma esquina ou no fim de uma ruela, acionando a buzina ou gritando alegremente:

— Rádio Índia! Esta é a Rádio Índia!

O tempo passou. Ram continuou a carregar o rádio invisível pela cidade. Passou-se um ano. Suas caricaturas de emissora de rádio ainda enchiam o ar das ruas. Mas, quando o vi agora, tinha uma coisa diferente no rosto dele, uma coisa tensa, como se ele tivesse que fazer um esforço fenomenal, que era mais cansativo do que puxar um jinriquixá, mais cansativo até do que levar avante um jinriquixá contendo uma viúva de ladrão e os cinco filhos vivos e os fantasmas dos dois mortos; como se toda a energia de seu corpo jovem estivesse sendo despejada naquele espaço ficcional entre o ouvido e a mão, e ele estava tentando trazer o rádio para a vida real por um poderoso, e possivelmente fatal, ato de vontade.

Eu me sentia bastante impotente, posso lhe dizer, porque eu tinha adivinhado que Ram tinha despejado na ideia do rádio todas as preocupações e arrependimentos relacionados ao que tinha feito, e que, se o sonho morresse, ele seria forçado a enfrentar toda a gravidade de seu crime contra seu próprio corpo, para entender que a viúva do ladrão o tinha transformado, antes de se casar com ele, num ladrão de uma espécie estúpida e terrível, porque ela o fez roubar a si mesmo.

E então a caravana branca retornou a seu lugar sob a figueira e eu sabia que nada havia a fazer, porque Ram com certeza viria para pegar o presente dele.

Ele não apareceu um dia, depois dois dias, e depois eu soube que ele não queria parecer ganancioso; não queria que o funcionário da saúde pensasse que ele estava desesperado pelo rádio. Além do mais, tinha meio que esperança de que viriam e lhe entregariam o rádio em casa, talvez com um tipo de pequena e formal cerimônia de entrega. Um tolo é um tolo, e não há como justificar suas ideias.

No terceiro dia ele apareceu. Soando a campainha da bicicleta e imitando previsões do tempo, mão em concha no ouvido como sempre, chegou à caravana. E no jinriquixá atrás dele se sentava a viúva do ladrão, a bruxa, que não pôde resistir a vir junto para observar a destruição do companheiro.

Não demorou muito.

Ram entrou todo alegre na caravana, acenando para os amigos de braçadeiras que protegiam a caravana contra a ira das pessoas, e me contaram — porque deixei o lugar para me poupar a dor — que o cabelo dele estava bem cheio de brilhantina e as roupas recém-engomadas. A viúva do ladrão não saiu do jinriquixá, mas ficou sentada lá com um sári na cabeça, agarrando os filhos como se fossem feixe de palha.

Pouco tempo depois se ouviram vozes de desacordo dentro da caravana, e então ruídos ainda mais altos, e finalmente os rapazes de braçadeiras entraram para ver o que estava acontecendo, e logo em seguida Ram foi arrastado para fora pelos companheiros de bebida, o cabelo gorduroso desmanchado, caindo sobre a cara, e a boca sangrava. A mão não estava mais em concha sobre o ouvido.

E no entanto — é o que me contam — a viúva-negra do ladrão não saiu do lugar dela no jinriquixá, embora tivessem jogado o marido no chão empoeirado.

Sim, sei, sou um velho, minhas ideias estão vincadas pela idade, e hoje em dia me dizem que esterilização e Deus sabe o que mais são necessários, e talvez eu esteja errado em culpar também a viúva — por que não? Talvez todas as visões do passado possam ser desprezadas agora, e, se assim é, que seja. Mas estou contando esta história e não terminei ainda.

Alguns dias depois do incidente na caravana vi Ramani vendendo o jinriquixá dele ao velho vigarista muçulmano que administra a loja de conserto de bicicletas. Quando me viu olhando, Ram veio até mim e disse:

— Adeus, mestre *sahib*, estou indo para Bombaim, onde vou virar um astro de cinema maior do que Shashi Kapoor ou até Amitabh Bachchan.

— "Estou indo", você disse? — perguntei. — Por acaso está viajando sozinho?

Ele se aprumou. A viúva do ladrão já lhe tinha ensinado a não ser humilde na presença de mais velhos.

— Minha esposa e meus filhos vão também — ele respondeu. Foi a última vez que nos falamos. Eles partiram no mesmo dia no trem da madrugada.

Passados alguns meses, recebi a primeira carta dele, que não foi escrita por ele mesmo, claro, já que, apesar de meus esforços muito tempo atrás, ele mal sabia escrever. Ele tinha pago um escrevinhador de cartas profissional, que lhe deve ter custado muitas rupias, porque tudo na vida custa dinheiro e em Bombaim custa o dobro. Não me pergunte por que ele me escreveu, mas ele escreveu. Tenho as cartas e posso lhe provar, de modos que ainda os velhos servem para alguma coisa, ou talvez ele soubesse que eu era a única pessoa interessada em notícias dele.

De qualquer maneira: as cartas estavam repletas da nova carreira dele, me contando que ele foi logo descoberto, um grande estúdio o tinha testado, agora o estavam preparando para o estrelato, ele passou os dias no hotel Sun'n'Sand na praia de Juhu na companhia das principais atrizes, estava comprando uma casa enorme na colina de Pali, construída em vários níveis e incorporando os mais avançados equipamentos de segurança para protegê-lo dos fãs, a viúva do ladrão estava bem, feliz, e engordando, e a vida estava cheia de luz, sucesso e, nem precisava perguntar, de álcool.

Eram cartas maravilhosas, transbordando de confiança, mas toda vez que as lia, e às vezes ainda as leio, me lembro da expressão que tomou o rosto dele dias antes de ele saber da verdade sobre o rádio, e da enorme e louca energia que ele despejou no ato de conjurar a realidade, por um ato de fé magnificente, através do ar quente e ralo entre sua mão em concha e o ouvido.

O CABELO DO PROFETA

No início de 19 —, quando Serinagor estava num período de inverno tão rigoroso que era capaz de partir os ossos dos homens como se fossem vidro, um jovem sobre cuja pele rósea de frio pousava, igual geada, o inconfundível lustre da riqueza foi visto entrando na área mais miserável e mal-afamada da cidade, onde as casas de madeira e ferro corrugado pareciam eternamente prestes a perder o equilíbrio, e perguntando com voz baixa e grave onde poderia obter os serviços de um ladrão profissional digno de confiança. O rapaz se chamava Atta, e os vadios daquela parte da cidade indicaram com muito prazer um caminho que dava em vielas cada vez mais escuras e menos públicas, até que, num pátio ensopado com o sangue de uma galinha morta, ele foi abordado por dois homens cujos rostos não viu, teve roubado o dinheiro substancial que estupidamente trouxera na excursão solitária, e foi espancado até quase morrer.

A noite caiu. O corpo dele foi carregado por mãos anônimas até a margem do lago, de onde foi transportado por *shikara* através do lago e depositado, ferido e sangrando, no ermo aterro do canal que conduzia aos jardins de Shalimar. Ao raiar do dia seguinte, um vendedor de flores remava seu bote pelas águas do canal, às quais o frio da noite dera uma consistência nevoenta de mel silvestre, quando viu o corpo de borco do jovem Atta, que começava a se mexer e gemer, e sobre cuja pele pálida, agora de mortal palidez, o lustre da riqueza podia ainda ser baçamente visto sob uma camada de geada real.

* * *

O vendedor de flores atracou o bote e, inclinando-se até a boca do homem ferido, pôde saber do endereço do pobre camarada, o qual foi balbuciado por lábios que mal se moviam; e então, esperando conseguir uma grande recompensa, o mascate levou Atta para uma enorme casa às margens do lago, onde uma bela mas inexplicavelmente machucada moça e sua tresloucada, mas igualmente bonita, mãe, nenhuma das quais, se via pelos olhos, tinha dormido por causa de preocupações, gritaram ao verem Atta — irmão mais velho da bela moça — deitado imóvel em meio às flores de inverno funeralmente arranjadas do esperançoso florista.

O vendedor de flores recebeu de fato a devida recompensa em dinheiro, inclusive como garantia de que ele silenciasse, e não participa mais de nossa história. Mesmo Atta, sofrendo terrivelmente com a exposição ao frio e com o crânio fraturado, entrou num coma que fez os melhores médicos da cidade darem de ombros, impotentes. Foi por isso uma grande surpresa que na tarde seguinte mesma a parte mais miserável e mal-afamada da cidade tivesse recebido um segundo e inesperado visitante. Era Huma, a irmã do desafortunado rapaz, e a pergunta que ela fez foi a mesma do irmão, e com a mesma voz baixa e grave:

— Onde posso contratar um ladrão?

A história do idiota rico que fora procurar um arrombador já era conhecida de todo mundo naquele cafundó insalubre, mas desta vez a moça acrescentou:

— Devo dizer que não carrego dinheiro nem estou usando joias. Meu pai me renegou e não vou pagar resgate se me raptarem; e uma carta foi entregue ao subcomissário de polícia, meu tio, a qual será aberta caso eu não chegue sã e salva em casa até de manhã. Na carta ele encontrará detalhes completos de minha vinda até aqui, e ele haverá de mover céu e terra para punir meus agressores.

A beleza excepcional da moça, visível mesmo através dos enormes vergões e das feridas que lhe desfiguravam os braços e a testa, mais a excentricidade de suas indagações, atraiu um grupo bastante grande de circunstantes curiosos, e, como o pequeno discurso que ela fez lhes parecia abranger quase tudo, ninguém tentou feri-la de maneira alguma, embora houvesse alguns comentários estridentes sobre o fato de que era bastante peculiar que alguém que tentasse contratar um gatuno invocasse a proteção de um tio policial de alto escalão.

Indicaram-lhe caminhos cada vez mais escuros e vielas menos públicas até que finalmente, numa barroca escura como breu, uma velha de olhos tão penetrantes que Huma logo percebeu que era cega conduziu-a por uma entrada pela qual a treva parecia exalar como fumaça. Cerrando os punhos, ordenando irada que o coração se comportasse normalmente, Huma seguiu a velha para dentro da casa envolta em escuridão.

O mais débil e concebível fio de luz de vela tremulava através da treva; seguindo essa duvidosa réstia de luz amarela (porque ela não conseguia mais ver a velha senhora), Huma recebeu um intenso e inesperado golpe na canela e gritou involuntariamente, logo após o quê, mordeu os lábios, com raiva por ter revelado o crescente terror a quem quer que, ou ao que quer que, viesse à frente, amortalhado na escuridão.

Ela na verdade dera de encontro com uma mesa baixa na qual uma única vela ardia e além da qual podia distinguir uma figura montanhosa, sentada no chão com as pernas cruzadas.

— Sente-se, sente-se — disse uma profunda e calma voz masculina, e as pernas de Huma, dispensando um convite mais florido, vergaram sob o corpo ao breve comando. Com a mão direita prendendo a esquerda, ela forçou a voz para responder com serenidade:

— E será o senhor o ladrão que venho solicitando?

Enrijecendo a massa bem levemente, a sombra-montanha informou Huma de que todas as atividades criminosas originadas naquela área eram bem organizadas e também centralmente controladas, de modo que todas as solicitações para o que se poderia chamar de trabalho autônomo tinham que passar por aquele cômodo.

Ele exigiu detalhes abrangentes sobre o crime a ser cometido, inclusive um preciso inventário de artigos a serem adquiridos, além de uma declaração exata de todos os incentivos financeiros a serem oferecidos sem exclusão de quaisquer gratificações, mais, apenas para o arquivo, um resumo dos motivos para a requisição.

Nesse momento, Huma, como que se lembrando de alguma coisa, enrijeceu tanto o corpo quanto a determinação e respondeu alto que os motivos eram um assunto que dizia respeito apenas a ela mesma; que não discutiria detalhes com ninguém mais além do ladrão; mas que a remuneração que propunha só podia ser qualificada como "generosa".

— Tudo o que lhe posso revelar, meu senhor, já que parece que estou nas dependências de uma espécie de agência de empregos, é que, em troca de uma tal recompensa generosa, devo ter o mais desesperado criminoso disponível, um homem para quem a vida não oferece qualquer terror, nem mesmo o temor a Deus.

— O pior dos sujeitos, lhe digo; nada menos que isso irá servir!

* * *

Nisso, uma lanterna de parafina foi acesa e Huma viu, a encará-la, um gigante grisalho por cuja face esquerda corria a mais sinistra das cicatrizes, uma cicatriz na forma da letra *sín* em escrita cursiva. Huma foi tomada pela ideia, insuportavelmente nostálgica, de que o bicho-papão de sua infância tinha se erguido para confrontar-se com ela, porque sua *ayah* tinha sempre evitado quaisquer atos incipientes de desobediência fazendo ameaças a Huma e a Atta: "Se não tomar cuidado vou mandar aquele lá te levar — aquele xeque Sín, o Ladrão dos Ladrões!".

Ali estava, grisalho mas sem dúvida marcado por cicatriz, o famigerado criminoso em pessoa — e estava ela fora de si, os ouvidos pregando peça, ou tinha o homem de fato acabado de anunciar que, uma vez as circunstâncias esclarecidas, era ele mesmo o único homem para a tarefa?

Lutando muito contra os renascidos diabetes da nostalgia, Huma advertiu o medonho voluntário de que apenas uma questão de extrema urgência e perigo a levara sem companhia àquelas ruas violentas.

— Como não podemos nos dar o luxo de ajuda de última hora — ela continuou —, estou decidida a lhe dizer tudo, sem guardar um segredo sequer. Se, depois de me ouvir, ainda estiver disposto a prosseguir, então faremos tudo o que estiver em nosso poder para ajudá-lo, e para torná-lo rico.

O velho ladrão deu de ombros, assentiu com a cabeça, cuspiu. Huma começou a contar sua história.

Seis dias atrás, tudo na casa do pai, o rico agiota Hashim, era como sempre foi. No café da manhã, a mãe serviu carinhosamente *khichri* no prato do agiota; a conversa fora permeada daquelas expressões de cortesia e de solicitude das quais a família se orgulhava.

Hashim gostava de assinalar que, embora não fosse pio, fazia questão de "viver honradamente no mundo". Naquela espaçosa residência à beira do lago, todos os estranhos eram recebidos com a mesma formalidade, mesmo os desafortunados que iam negociar pequenos fragmentos da enorme fortuna de Hashim, e sobre os quais naturalmente ele pedia juros de mais de setenta por cento, em parte, como disse para a mulher que servia *khichri*, "para ensinar a essas pessoas o valor do dinheiro; basta que aprendam isso e ficarão curadas dessa febre de emprestar e emprestar o tempo todo — por aí você vê que, se meus planos derem certo, vou perder meu negócio!".

Nos filhos, Atta e Huma, o agiota e a mulher tinham com sucesso procurado inculcar as virtudes da economia, do negócio simples e de uma saudável independência de espírito. Por isso, também, Hashim gostava de se congratular.

O café da manhã terminou; os membros da família se desejaram um bom dia. Poucas horas depois, porém, o cristalino contentamento dessa família, dessa vida de delicadeza de porcelana e de sensibilidades de alabastro, estava para ser despedaçado de tal maneira que não haveria esperança de conserto.

O agiota chamou a *shikara* particular e estava a ponto de entrar nela quando, atraído por um cintilar de prata, notou um pequeno frasco flutuando entre o barco e o embarcadouro particular. Num impulso, colheu-o da água com a mão em concha.

Era um cilindro de vidro matizado e revestido de prata primorosamente trabalhada, e Hashim viu no interior um pendente de prata contendo um único fio de cabelo humano.

Fechando a mão em torno desta rara descoberta, murmurou para o barqueiro que tinha mudado de planos, e correu para o aposento privado onde, atrás de porta fechada, banqueteou os olhos com o achado.

Não pode haver dúvida de que Hashim, o agiota, sabia desde o início que estava de posse da famosa relíquia do profeta Maomé, aquele venerado cabelo cujo roubo do santuário, na mesquita de Hazratbal na manhã anterior, tinha provocado no vale um clamor público sem precedentes.

Os ladrões — sem dúvida alarmados pelo pandemônio, pela procissão nas ruas de intermináveis e ululantes lamentações de crocodilos, pelos distúrbios, pelos desdobramentos políticos e pela maciça busca da polícia que foi exigida e realizada por homens cujas carreiras inteiras agora dependem da localização deste cabelo perdido — tinham evidentemente se apavorado e atirado o frasco no seio gelatinoso do lago.

Tendo-o encontrado por um golpe da grande e boa sorte, o dever de Hashim, como cidadão, era claro: o cabelo tem que ser devolvido ao santuário, e ao estado da equanimidade e da paz.

Mas o agiota tinha uma ideia diferente.

Ao redor dele, no escritório, estavam os indícios de uma mania de colecionador. Havia enormes caixas envidraçadas cheias de borboletas de Gulmarg espetadas, três dúzias de moldes do lendário canhão Zamzama, em escala natural e em vários metais, incontáveis espadas, uma lança de Naga, noventa e quatro camelos em terracota do tipo daqueles que são vendidos em plataformas de estações de trem, muitos samovares, e toda uma zoologia de minúsculos animais de pau--sândalo, que originalmente haviam sido esculpidos para servir de brinquedo para crianças na hora do banho.

"E afinal", Hashim disse para si mesmo, "o Profeta teria desaprovado com veemência a veneração desta relíquia. Ele abominava a ideia de ser deificado! Então, privando os distraídos devotos deste cabelo, presto — não é mesmo? — um melhor serviço do que se o devolvesse! Claro que não o quero pelo valor religioso que tem... Sou um homem do mundo, deste mundo. Vejo-o puramente como um objeto secular de grande raridade e beleza ofuscante. Em suma, é o frasco de prata que eu desejo, mais do que o cabelo. Dizem que há milionários norte-americanos que compram obras de arte roubadas e as escondem — eles saberiam como me sinto. Eu preciso, preciso tê-lo!"

Todo colecionador tem que partilhar seus tesouros com um outro ser humano, e Hashim chamou o único filho, Atta, e contou para ele. Atta ficou profundamente perturbado, mas, tendo jurado fazer segredo, só abriu a boca quando os problemas se tornaram terríveis demais para suportar.

O rapaz se desculpou e deixou o pai sozinho, na aglomerada solidão de suas coleções. Hashim estava sentado ereto numa dura cadeira de costas retas, fitando compenetrado o belo frasco.

Sabia-se muito bem que o agiota nunca almoçava, de modo que só à noite um criado entrou no aposento privado, chamando o patrão para jantar. Ele encontrou Hashim tal como Atta o deixou. O mesmo e não o mesmo — porque agora o agiota parecia inchado, distendido. Os olhos saltados ainda mais do que o habitual, com um círculo vermelho em torno deles, e os nós dos dedos brancos.

Ele parecia prestes a explodir! Como se, sob a influência da relíquia de que se apropriara indevidamente, se tivesse enchido de algum fluido espectral que a qualquer momento poderia verter de maneira incontrolável de todos os orifícios do corpo.

Foi preciso que o ajudassem a chegar à mesa, e então a explosão de fato aconteceu.

Aparentemente indiferente aos efeitos de suas palavras sobre a frágil constituição cuidadosamente construída da vida familiar, Hashim começou a regurgitar, a espumar longos jorros de terríveis verdades. Em silêncio horrorizado, os filhos ouviram o pai se voltar contra a mulher e lhe revelar que por anos e anos o casamento tinha sido a pior das aflições dele. "Fim à polidez!", ribombou ele. "Fim à hipocrisia!"

Em seguida, no mesmo espírito, ele revelou para a família a existência de uma amante; informou-a também das visitas regulares às prostitutas. Disse à mulher que, longe de ser a principal beneficiária de seu testamento, ela não receberia mais do que a oitava parte que lhe era devida segundo a lei islâmica. Ele então se voltou contra os filhos, insultando Atta pela falta de aptidão acadêmica — "Um banana! Fui amaldiçoado com um banana!" — e acusando a filha de lascívia, por andar pela cidade com o rosto descoberto, algo indecoroso para qualquer moça muçulmana de benfazer. Que ela usasse o *purdah*, mandou ele, imediatamente.

Hashim se levantou da mesa sem comer e caiu no profundo sono de um homem que tirou muitas coisas do peito, deixando os filhos pasmos, em lágrimas, e o jantar esfriando no aparador sob o olhar atento de um criado prestativo.

Às cinco horas da manhã seguinte, o agiota fez a família acordar, se lavar e rezar. Daquele momento em diante, ele começou a rezar cinco vezes por dia pela primeira vez na vida, e a mulher e os filhos eram obrigados a seguir-lhe o exemplo.

Antes do café da manhã, Huma viu os criados fazerem, por ordem do pai, uma enorme pilha de livros no jardim e lhes atearem fogo. O único volume intocado foi o Corão, que Hashim embrulhou num pano de seda e colocou na mesa do saguão. Ele ordenou que cada membro da família lesse passagens desse livro durante pelo menos duas horas por dia. Idas ao cinema estavam proibidas. E, se Atta convidasse amigos masculinos para irem à casa, Huma tinha que se fechar no quarto.

Àquela altura, a família tinha entrado em estado de choque e de terror. Mas o pior estava por vir.

Naquela tarde, um devedor trêmulo chegou à casa para confessar que não tinha condições de pagar a última prestação de juros vencida, e cometeu o erro de lembrar Hashim, com um certo alarde, das restrições do Corão à usura. O agiota se enfureceu e agrediu o homem com um dos chicotes de couro cru trançado de sua grande coleção.

Por azar, mais tarde no mesmo dia, um segundo devedor apareceu pedindo tempo, e foi visto saindo correndo do escritório de Hashim com um enorme corte no braço, porque o pai de Huma o chamou de ladrão de dinheiro do alheio e tentou decepar a mão direita do falido com uma das trinta e oito espadas *kukri* penduradas nas paredes do escritório.

Essas violações das leis orais de decoro da família inquietavam Atta e Huma, e quando, naquela noite, a mãe procurou acalmar Hashim, ele a esbofeteou. Atta interveio em defesa da mãe e também foi agredido.

— De hoje em diante — Hashim berrou —, vai haver alguma disciplina aqui em casa!

* * *

A mulher do agiota teve um acesso histérico que continuou durante aquela noite e o dia seguinte, e que tanto irritou o marido que ele ameaçou se divorciar, ao que ela correu para o quarto, trancou a porta e se entregou a um acesso de choro. Huma perdeu então a compostura, desafiou o pai abertamente e anunciou (com aquela mesma independência de espírito que o pai encorajara) que não ia usar véu algum sobre o rosto; sem levar em conta outras coisas, o véu fazia mal aos olhos.

Ao ouvir isso, o pai a renegou no mesmo instante e lhe deu uma semana para fazer as malas e ir embora.

No quarto dia, o medo que pairava no ar da casa tinha se adensado tanto que era difícil andar para onde fosse. Atta disse à irmã emudecida pelo choque:

— Estamos descendo ao nível da sarjeta, mas eu sei o que é preciso ser feito.

Naquela tarde, Hashim deixou a casa acompanhado de dois capangas de aluguel para arrancar o dinheiro devido e não pago de dois clientes insolventes. Atta foi imediatamente ao escritório do pai. Sendo o filho e o herdeiro, possuía a chave do cofre do agiota. Ele a usou agora, e depois de retirar o pequeno frasco do esconderijo colocou-o no bolso da calça e voltou a fechar a porta do cofre.

Ele então contou para Huma o segredo do que o pai resgatara das águas do lago Dal e exclamou:

— Talvez eu esteja louco, talvez as coisas terríveis que estão acontecendo tenham me deixado maluco, mas estou convencido de que não haverá paz em nossa casa enquanto não nos livrarmos deste fio de cabelo.

A irmã logo concordou que o fio de cabelo fosse devolvido, e Atta partiu numa *shikara* alugada rumo à mesquita de

Hazratbal. Apenas quando o barco o levou até a multidão de perturbados fiéis que se agitavam em torno do sacrário profanado foi que Atta se deu conta de que a relíquia não estava mais no bolso. Havia somente um furo, o qual a mãe, em geral tão atenta às coisas domésticas, não devia ter notado por causa da tensão dos últimos acontecimentos.

A onda inicial de dissabor que tomou Atta foi rapidamente substituída por um sentimento de profundo alívio.

"Suponha", ele imaginou, "que eu já tivesse anunciado para os *mullahs* que o cabelo estava comigo! Eles jamais iriam acreditar em mim agora — e essa multidão teria me linchado! De qualquer maneira, o cabelo se foi, e é um fardo a menos para minha consciência."

Sentindo-se mais contente do que nos dias anteriores, o rapaz voltou para casa.

Lá ele encontrou a irmã machucada e chorando no vestíbulo; no segundo andar, no quarto, a mãe lamuriava como uma recém-enviuvada. Ele implorou a Huma que lhe contasse o que tinha acontecido e, quando ela respondeu que o pai, retornando de sua brutal viagem de negócios, tinha de novo percebido uma centelha de prata entre o barco e o ancoradouro, tinha de novo se apropriado da relíquia errante, e estava, por conseguinte, tomado de fúria que poria fim a todas as fúrias, tendo arrancado dela a verdade — então Atta enterrou o rosto nas mãos e, em prantos, expressou sua opinião, a saber: que o cabelo os estava perseguindo, e que voltara para completar a tarefa.

Chegara a vez de Huma encontrar uma maneira de resolver os problemas.

Enquanto seus braços iam ficando pretos e azuis, e manchas enormes se espalhavam em sua fronte, Huma abraçou o irmão e sussurrou-lhe que estava determinada a se livrar do cabelo *a qualquer custo* — ela repetiu essa última frase várias vezes.

— O cabelo — ela então declarou —, foi roubado da mesquita; portanto pode ser roubado desta casa. Mas tem que ser um roubo verdadeiro, realizado por um ladrão autêntico, não por um de nós, que estamos escravizados pelo cabelo; por um ladrão tão desesperado que não tema nem captura nem maldição.

Infelizmente, ela acrescentou, seria dez vezes mais difícil realizar o roubo, agora que o pai, sabendo que já houvera uma tentativa de roubar a relíquia, estava sem dúvida de guarda.

— Pode fazê-lo?

Huma, num cômodo iluminado por uma vela e um fanal, terminou o relato com uma outra pergunta:

— Que garantias você pode dar de que o serviço não o atemoriza?

O criminoso, cuspindo, afirmou que não costumava apresentar referências, tal como um cozinheiro faria, ou um jardineiro, mas não se alarmava tão facilmente, decerto não por qualquer *djinni* de uma maldição de crianças. Huma teve que se contentar com essa bazófia, e passou então a descrever os detalhes do roubo proposto.

— Desde que meu irmão fracassou na tentativa de devolver o cabelo à mesquita, meu pai passou a dormir com o precioso tesouro debaixo do travesseiro. Mas ele dorme sozinho, e tem sono profundo; apenas entre no quarto sem acordá-lo, e ele certamente irá se virar de um lado para o outro, o suficiente para facilitar o roubo. Assim que estiver de posse do frasco, vá ao meu quarto. — E neste momento ela entregou ao xeque Sín um plano da casa. — Lá eu lhe entregarei todas as joias pertencentes a minha mãe e a mim mesma. Você vai ver... que vale a pena... quer dizer, você poderá conseguir uma fortuna com elas...

Era evidente que Huma estava perdendo o autocontrole e que estava a ponto de ter um colapso.

— Esta noite — ela sentenciou finalmente. — Você tem que vir esta noite!

Tão logo ela saiu do aposento o corpo do velho criminoso foi convulsionado por um acesso de tosse: ele cuspiu sangue numa velha lata de *vanaspati*. O grande Xeque, o "Ladrão dos Ladrões", se tornara um homem doente, e a cada dia se aproximava o momento em que algum jovem aspirante a seu poder enterraria uma adaga em seu estômago. O eterno vício de jogar o deixara quase tão pobre quanto quando, havia décadas, ele iniciara esse tipo de atividade como simples aprendiz de punguista; assim, na extraordinária encomenda que aceitara da filha do agiota, ele via a oportunidade de reunir de uma só vez fortuna suficiente para abandonar o vale para sempre, e adquirir o luxo de uma morte respeitável que lhe deixaria o estômago intacto.

Quanto ao cabelo do Profeta, bom, nem ele nem a mulher cega nunca tiveram muito o que dizer acerca de profetas — esta era uma coisa que tinham em comum com o estupefato clã do agiota.

Não era conveniente, porém, revelar a natureza desse seu último crime aos quatro filhos. Para sua tristeza, todos eles tinham crescido para serem homens irremediavelmente devotos, que até mesmo falavam de um dia fazer uma peregrinação a Meca. "Absurdo!", dizia o pai rindo deles. "Me digam, como é que vão até lá?" Pois que, com um amor absolutista de pai, ele assegurara a todos eles a provisão de uma fonte vitalícia de alta renda aleijando-os assim que nasceram, de modo que, arrastando-se pela cidade, recebiam excelente dinheiro no negócio da mendicância.

Os filhos, portanto, podiam cuidar de si mesmos.

Ele e a mulher logo partiriam com as caixas de joias das mulheres do agiota. Era um acaso oportuno de fato que trouxera a bela e ferida moça ao seu recanto da cidade.

Naquela noite, a enorme casa à beira do lago aguardava cegamente, o silêncio envolvendo as paredes. Uma noite para ladrão: nuvens no céu e névoa nas águas invernais. Hashim, o agiota, estava dormindo, o único membro da família que se entregara ao sono naquela noite. Em outro aposento, o filho Atta jazia fundo no turbilhão de seu coma com um coágulo se formando no cérebro, observado por uma mãe que soltara o longo cabelo grisalho para expressar sua dor, uma mãe que colocara compressas quentes na cabeça do filho com gestos impregnados de impotência. Num terceiro aposento, Huma esperava, completamente vestida, em meio aos pesados porta-joias de seu desespero.

Por fim um bulbul cantou maviosamente no jardim abaixo da janela de Huma e, descendo sorrateiramente para o andar térreo, ela abriu a porta para a ave canora, em cujo rosto havia uma cicatriz na forma da letra cursiva *sín*.

Sem fazer ruído, a ave voou escada acima, seguindo-a. No alto da escada, separaram-se, tomando direções opostas ao longo do corredor de sua conspiração sem trocarem um só olhar.

Entrando no quarto do agiota com facilidade profissional, o ladrão, Sín, constatou que as predições de Huma tinham sido absolutamente precisas. Hashim dormia esparramado diagonalmente na cama, o travesseiro desocupado de sua cabeça, a presa facilmente acessível. Passo a manso passo, Sín se dirigiu para o alvo.

Foi nesse momento que, no quarto adjacente, o jovem Atta se sentou ereto na cama num sobressalto, dando à mãe um grande susto, e sem qualquer aviso — levado por sabe-se lá que pressão do coágulo sobre o cérebro — começou a gritar no limite da voz:

— *Ladrão! Ladrão! Ladrão!*

Parece provável que esta pobre mente estivesse se detendo, nesses momentos derradeiros, no próprio pai; mas é impossível ter certeza, porque, depois de ter pronunciado aquelas três palavras enfáticas, o rapaz voltou a cair sobre o travesseiro e morreu.

Em seguida a mãe emitiu um guincho, um lamento, uma endecha e um uivo tão ensurdecedoramente intensos que acabaram por completar a tarefa que o grito de Atta iniciara — quer dizer, os lamentos dela penetraram as paredes do quarto do marido e despertaram Hashim.

O xeque Sín estava justamente decidindo se se escondia debaixo da cama ou arrebentava os miolos do agiota de vez quando Hashim agarrou a bengala-espada tigrina que sempre ficava encostada num canto ao lado da cama, e se precipitou para fora do quarto sem notar a presença do ladrão que estava no outro lado da cama imerso na escuridão. Sín inclinou-se rapidamente e tirou do esconderijo o frasco que continha o cabelo do Profeta.

Enquanto isso, Hashim tinha irrompido no corredor, tendo desembainhado a espada. Ele segurava a arma na mão direita, brandindo-a como um demente. Na mão esquerda ele sacudia a bengala. Uma sombra passou correndo por ele através da penumbra do corredor e, na fúria sonolenta, o agiota lhe perpassou mortalmente o coração com a espada. Acendendo a luz, ele descobriu que tinha matado a filha e, sob a funesta influência deste incidente, se viu tão dominado pelo remorso que voltou a espada contra si mesmo, caiu sobre ela e assim tirou a própria vida. A mulher, a única sobrevivente da família, enlouqueceu com a carnificina geral e teve que ser internada num hospício pelo irmão, o subcomissário de polícia da cidade.

O xeque Sín logo compreendeu que o plano dera errado. Abandonando o sonho dos porta-joias quando estava a apenas alguns metros de realizá-lo, ele saiu pela janela do quarto de Hashim e fugiu durante os estarrecedores eventos narrados acima. Chegando à casa antes do amanhecer, ele acordou a mulher e lhe confessou o fracasso. Era necessário, sussurrou, que ele desaparecesse por um tempo. Os olhos cegos da mulher só se abriram depois que ele se foi.

Os ruídos na casa de Hashim despertaram os criados e conseguiram até mesmo acordar o vigia, que como sempre dormia a sono solto em sua *charpai* perto do portão da rua. Eles alertaram a polícia, e o próprio subcomissário foi informado. Quando soube da morte de Huma, o pesaroso oficial abriu e leu a carta selada que a sobrinha lhe dera, e imediatamente conduziu um grande contingente de homens armados até os barrancos sombrios da zona mais pobre e infame da cidade.

A língua de um maligno gatuno deu o nome do conspirador camarada de Huma; o dedo de um ambicioso ladrão de banco apontou para a casa na qual ele se escondia; e, embora Sín tivesse conseguido passar rastejando por um postigo no sótão e tentado escapulir pelo telhado, uma bala disparada pelo rifle do próprio subcomissário lhe penetrou o estômago e o fez cair e se estatelar sujamente no chão, aos pés do enfurecido tio de Huma.

Do bolso do ladrão morto rolou um frasco de vidro fosco, revestido com filigranas de prata.

A recuperação do cabelo do Profeta foi anunciada sem demora na Rádio Índia. Um mês depois, os homens mais santos do vale se reuniram na mesquita de Hazratbal e autenticaram formalmente a relíquia. Ela está até hoje numa cripta fortemente guardada junto às margens do mais belo lago no coração do vale que outrora esteve mais perto do Paraíso do que qualquer outro lugar na terra.

Mas antes que nossa história possa ser adequadamente concluída, é necessário registrar que, quando os quatro filhos do falecido xeque acordaram na manhã de sua morte, tendo inadvertidamente passado alguns minutos sob o mesmo teto com o famoso cabelo, eles descobriram que havia acontecido um milagre, que estavam saudáveis de membros e fortes de fôlego, tão inteiros quanto estariam se ao pai não tivesse ocorrido esmagar-lhes as pernas nas primeiras horas de suas vidas. Estavam, os quatro, compreensivelmente furiosos, porque o milagre lhes tinha reduzido os poderes de renda em setenta e cinco por cento, na estimativa mais conservadora; de modo que eram homens arruinados.

Apenas a viúva do xeque tinha algum motivo para se sentir grata, porque, embora o marido estivesse morto, a visão lhe tinha sido restituída, de modo que lhe era possível passar os últimos dias contemplando mais uma vez as belezas do vale de Caxemira.

OCIDENTE

YORICK

Graças aos céus! — ou à diligência de antigos escribas — por existir na face de nossa terra o material conhecido como *velino robusto*; o qual, como a terra sobre a qual supus que ele existisse (embora, na realidade, seus contatos com a *terra firma* sejam extremamente raros, sendo suas habitações naturais estantes, de madeira ou não de madeira, algumas empoeiradas, outras mantidas em excelente ordem; ou caixas postais, gavetas de escrivaninhas, velhos baús, os mais secretos bolsos de amantes galantes, lojas, arquivos, sótãos, porões, museus, caixas de escrituras, cofres, escritórios de advocacia, paredes de consultórios médicos, a casa de praia da tia-avó predileta, departamentos de propriedades teatrais, contos da carochinha, conferências de cúpula, bagagem de turista), como a terra, torno a dizer, caso tenha o leitor esquecido meu propósito, este nobre material perdura — se não para toda a eternidade, ao menos então até que os homens o destruam conscientemente, seja amarrotando-o, seja rasgando-o, usando tesouras ou dentes fortes, com atos incendiários ou laváticos — pois é fato verdadeiro que os homens sentem igual prazer em aniquilar tanto o chão que pisam enquanto vivem quanto a substância (quero dizer papel) sobre a qual podem restar, imortalizados, uma vez que este mesmo chão esteja sobre sua cabeça e não sob seus pés; e que o inventário completo de tais estratégias de destruição encheria mais páginas do que meu arrazoado... para o inferno, portanto, com essa lista e prossigamos com minha história; a qual, como principiei a dizer, é ela mesma a história de um velino — tanto a história do velino mesmo quanto a história nele inscrita.

* * *

A saga de Yorick, claro; aquele mesmo antigo relato que caiu, por volta de duzentos e trinta e cinco anos atrás, nas mãos de um certo — não, de um muito incerto — *Tristram*, que (embora sem Iseult) não era nem triste nem carneiro castrado, o mais fútil, o mais temerário camarada de Shandy; e o qual vim a possuir por processos demasiado arcanos para reter a atenção do leitor. Com efeito, uma história velinosa! — a qual é meu presente intento não simplesmente abreviar mas, ademais, explicar, anotar, hifenizar, palatinar & permanganatar — pois que se trata de uma narrativa que ricamente recompensa o estudioso que tem a competência de aplicar sensíveis tecnologias que tais. Aqui, faces empoadas e dedos caliginosos, espreitam belas e jovens esposas, velhos bufões, traição, ciúme, assassinato, suco de amaldiçoado veneno, execuções, crânios; assim como também uma exposição completa da razão pela qual, no *Hamlet* de William Shakespeare, o mórbido príncipe parece não saber o nome verdadeiro do próprio pai.

Pois muito bem:
Ao que parece, na última fase do reinado do ilustre rei *Horwendillus* da Dinamarca, o principal bufão, o mestre único YORICK, desposou uma deliciosa loura enjeitada, de nome "Ofélia"; e após o quê, começaram todos os transtornos... Mas o que é isso? Interrupções, já? Não lhe disse, não assentei eu agora mesmo, que o bárdico Hamlet, ou seja, Amleto, o dinamarquês, está bastante equivocado ao crer que o nome do Espectro é também Hamlet? — Um erro não só incomum como antifilial, não só antifilial como *antissaxogramatical*, poder-se-ia dizer, pois que é contestado por nada menos que a autoridade da *História dos dinamarqueses* de Saxo-Grammaticus! — Contudo, caso me ouça em silêncio, o leitor to-

mará conhecimento de que não se trata absolutamente de equívoco, e sim da chave críptica com a qual o verdadeiro sentido de nossa história pode prontamente ser desvendado.
Repito:
Horwendillus. Horwendillus Rex... — Mais alguma pergunta? — Evidentemente, senhor, o bufão tinha uma esposa; ela pode não figurar na peça do grande homem, mas o senhor haverá de admitir que uma mulher é um aparato necessário caso um homem venha a criar uma dinastia, e de que outro modo — responda-me — poderia o antigo Bobo ter produzido essa Linhagem, esse verdadeiro Monólogo de descendentes de Yorick do qual a personagem-*pároco* de mau nome de Tristram era apenas uma única sílaba? Bom! Não creio que precise de um antigo velino para enxergar a verdade DISSO. — Por Deus; o *nome* dela? O senhor tem que acreditar na minha palavra. Mas onde está o quebra-cabeça? Imagina que este "Ofélia" era um nome tão detestável e incomum numa terra onde os homens recebiam nomes como Amleto, Horwend, e assim por diante, e, sim, Yorick também? Pois muito que bem. Prossigamos.

Yorick desposou Ofélia. Uma criança nasceu. Que não haja mais discordâncias entre nós.

Quanto à questão desta Ofélia: tinha menos da metade da idade dele e mais que o dobro da aparência dele, de modo que de pronto transparece que o que se segue pode ser atribuído a divisões e multiplicações. Uma tragédia aritmética, em suma. Uma história solene, propícia para sepulcros.

De que modo ocorreu que este velho bobo invernal conseguiu uma noiva primaveril como esta? — Um desagradável vento sopra forte pelo antigo velino nestas imediações. É o hálito de Ofélia. A exalação pútrida no reino da Dinamarca; um tépido fedor de fígado de rato, urina de sapo, alta caça de penas, dentes podres, gangrena, cadáveres trespassados, corpo de bruxa ardendo, esgotos, consciência de políticos, buracos de maritacacas, sepulcros, e todas as Belzeburbulhantes cubas de picles do Inferno! Assim, toda vez que esta jovial beldade, a frágil perfeição cujos traços faziam brotar lágrimas nos olhos dos homens, ousava um gesto como abrir a boca — ora! então ao redor dela se abria uma clareira de um raio de cerca de quinze metros, pelo menos. De modo que o caminho de Yorick para o matrimônio estava desimpedido, e um pobre Bufão tem que agarrar a esposa que ele pode.

Ele a cortejou com um pregador de madeira no nariz. No dia do casamento, o rei, que adorava Yorick, deu ao bobo um presente bem pensado: um par de tampões de nariz de prata. Foi assim que aconteceu; primeiro pregado, depois tampado, nosso Bufão apaixonado sem dúvida parecia o que desempenhava.

De modo que isso está esclarecido.

[*Entra o jovem príncipe Amleto, segurando uma chibata.*]

O cenário é uma alcova miserável em Elsinore. Yorick e a esposa dormem profundamente no catre. Jogados numa cadeira próxima: um gorro, sinos, a roupa de bobo da corte etc. Em algum lugar, uma criança dormindo. Veja o menino Hamlet agora, andando pé ante pé até a beira do catre; onde ele se retesa, agachado; até que finalmente salta! E então:

YOR: (*desperta*) Oh, ah! Que filho da puta de Pélion é isso, aquilo, tombando desde Ossa, e assim interrompendo meu espinhaço?

...Eu me interrompo aqui, pois ocorre-me uma Nota discordante: iria um homem, despertado do mais profundo sono pela aterrissagem em suas costas de um principelho de sete anos de idade, realmente manter tal controle de metáfora e alusão clássica como a indicada pelo texto? É possível que o velino não seja totalmente fidedigno a este respeito; ou é possível que os bobos da Dinamarca tivessem um conhecimento fora do comum. Certas coisas talvez jamais se deem a conhecer...

(Voltemos à vaca-fria.)

HAM: Yorick, já raiou o dia! Cantemos em coro para a aurora.

OF: (*à parte*) Meu marido jamais amou este príncipe; um menino mimado, e afligido pela insônia, praga que ele nos passa. Assim é que acordamos toda manhã, com mãos régias puxando nosso cabelo, ou nádegas herdeiras cavalgando nossas nucas. Fosse ele meu filho... feliz devir, doce meu príncipe!

HAM: Ofélia, é dia. Um coro para a aurora, Yorick, vamos!

YOR: Isso é para os pássaros. Sou uma demasiado veneranda pena, eis a verdade. Meus anos há muito me encorvaram, ou de mim fizeram uma coruja. Já não canto mais, mas apenas crocito ou pio da forma mais desgraciosa.

HAM: Tempere! Nada disso. Seu príncipe teria uma canção.

YOR: Ainda assim atente. A idade, Hamlet, é um sol que se põe, e em meus anos ocidentais não fica bem eu celebrar em hino o dia oriental.

HAM: Basta. De pé, cante. Cavalgarei sobre seu costado e o ouvirei cantarolar.

OF: (*à parte*) Aos sete anos ele é o Velho Homem do Mar; quem sabe, aos vinte e sete, o que ele será?

YOR: (*canta*) *Na juventude, quando amei, amei,/ Parecia-me muito doce,/ Contrair-me,/ Oh! o tempo, o que me cabia,/ Oh! parecia-me que nada se unia./ Mas a idade, com seus passos furtivos,/ Aferrou-me em suas garras...*

HAM: Cessa, Yorick, esse miado infame; sem demora, tranquilize-se.

YOR: Não lhe disse a verdade?

HAM: Basta. Faça-me alguma graça. Sim, se faça de gato, tal como um gatinho miando que você acabou de superar.

YOR: (*à parte*) Agora devo impor-me penitência por fazer o que ele desejou. (*em voz alta*) Ainda há vida neste velho cão que você cavalga; responda-me pois, Hamlet, por que os gatos têm sete vidas?

HAM: Isso não sei, mas por que têm sete rabos, isso sei-o bem, e você logo saberá se a adivinha for tardia.

OF: (*à parte*) Este príncipe é afiado como a própria língua; e o pobre do Yorick embotado pelo dia.

YOR: Ouve então a resposta. Todos os gatos olham para os reis; mas fitar um monarca é colocar a vida nas mãos deles; e vidas seguras em tais mãos com frequência escorrem pelos dedos e são entornadas. Agora, Hamlet, conte os espaços nas suas mãos, quero dizer entre um dedo e outro dedo, dedo e dedo, dedo e dedo, e dedo e dedão. Nas duas mãos, conte oito abismos nos quais uma vida pode cair. Somente sete vidas podem alertar para a preservação da última e a contemplação de dois vazios; e assim nosso gato observador do rei, tem que ter sete.

OF: Marido, um belo conceito.

HAM: Agora então uma dança! Dispense o ofício de bufão e desfrutemos de uma alegre jiga.

YOR: Vai se pendurar nas minhas costas enquanto isso?

HAM: Vou; para nela ponderar o que quero.

YOR: (*à parte, e dançando*) Hamlet, você nada quer: contudo, Yorick o vê querendo.

E tudo isso dito com tampões filigranados no nariz, em narinas nobres e em narinas néscias também! — A criança, chorando no berço, queixa-se tanto de sua tromba abatocada quanto do barulho da chibata de Hamlet, zunindo e zumbindo no ar para estimular o corcel bípede dançante. — Que pensar de um príncipe tão enfurecido? É certo que ele odiava Ofélia; mas por quê? As rajadas pestilenciais dela? A soberania dela sobre o Bufão, que desatinava debaixo das próprias pestanas dela? Ou seriam os intumescentes botões sob a camisola dela, o corpo que não era dele para dominar? Aos sete anos de idade, o príncipe Amleto está perturbado por algo nesta moça, mas não consegue lhe dar nome. — Assim ardor pueril se transforma em ódio.

Talvez os três motivos: o fedor dela; o fato de ter roubado o coração de Yorick, porque, como todo bobo sabe, o coração de um Bobo é posse de seu príncipe, pois quem senão um Bobo entregaria o coração a um príncipe?; e, sim, a beleza dela também. Não há necessidade de escolher. Sejamos vorazes em nosso entendimento e engulamos este todo-trindade.

Poupemos a Hamlet um julgamento demasiado severo. Ele era uma criança solitária, que viu em Yorick um pai e um servo, isto é, o melhor, o perfeito pai, pois todo filho faria do pai um escravo. Em Yorick, cantando, gracejando, dançando, o pálido príncipe vê Horwendillus domado. Ele era o querido da mãe.

O velino até aqui — deveria dizer a tinta sobre ele —, ou, ainda mais precisamente, a mão que empunhava a pena — mas a mão está há muito morta, e de nada vale falar mal de quem partiu — Oh, **********!, digamos que o *texto* começa a errar, arrolando com detalhes horrendos todos os crimes cometidos pelo príncipe contra a pessoa do bobo: cada marca da bota real sobre seu traseiro, completa com especificações de causa, efeito, local, traje, circunstâncias acidentais (chuva, sol, temporal, granizo, e outras funções da natureza; ou a ausência da mãe de Hamlet devido à tirania, mesmo sobre rainhas, das funções naturais), descrições das quedas do bobo sobre o traseiro, do trecho de turfa com o qual seu nariz colidiu, das subsequentes buscas de tampões de nariz deslocados; para ser breve, uma bastante lamentável falta de brevidade, que haveremos de corrigir aqui sem demora. A questão foi bem colocada, penso. Elaborá-la ainda mais seria emular o príncipe, que abusou de Yorick com varas e chibatas e sabe Deus o que mais — e seria imprudente tratar nosso Leitor (não sendo nós príncipes) como se fosse um Bobo. (E não sendo príncipes, o que faz este recém-infiltrado "nós", este púrpuro plural que minhas frases tomaram a liberdade de inserir? Fora com ele! De volta ao comum — o *incomum*, porque *ciclópeo* — eu singular.)

Uma história irá bastar:

Enquanto montava Yorick, Hamlet com a chibata abriu as carnudas cortinas das bochechas do bobo, para revelar o ossudo palco atrás. Parecia ser um príncipe sensível: suportando com os ombros como estava, seu estômago se virou ante a visão sangrenta. — Leitor, o príncipe da Dinamarca, vendo pela primeira vez um crânio, vomitou abundantemente sobre o bamboleante gorro de Yorick.

Até aqui intentei relatar uma delicada história de uma personagem individual, com inúmeros toques leves de psicologia e muitos detalhes materiais; contudo, já não posso mais excluir o grande Mundo de minhas páginas, pois o que terminou em Tragédia começou com Política. (O que não será grande surpresa.)

Imagine um banquete no fabuloso Elsinore: cabeça de varrão, olhos de carneiro, uropígio, peito de ganso, fígado de vitelo, tripa, ovas de peixe, perna de veado, pé de porco (eis a anatomia da mesa; tivessem esses vários pratos sido juntados para formar um único animal comestível, aqui jazeria um monstro mais estranho do que qualquer hipogrifo ou ictiocentauro!). — Esta noite Horwendillus e sua *Gertrude* estão banqueteando FORTINBRÁS, esperando manter-lhe a ganância territorial com a satisfação do igual apetite de sua barriga para expansão, esta última não exigindo mais do que o assassinato do monstro mítico referido acima, uma Estratégia mais feliz e certamente mais saborosa do que a GUERRA.

E não é concebível que *F.*, vendo na mesa posta os membros desmembrados destas espantosamente diversas e mais ocultas das criaturas, e construindo nos olhos da mente o todo da Besta composta, com esgalhos na cabeça gigante de peru, e patas colocadas esquisitamente sob a barriga escamosa e canelas hirsutas, poderia perder todo o apetite pela luta — temendo confrontar-se nos campos de batalha dinamarqueses com a poderosa raça de caçadores que matariam uma Coisa tão selvagem — e poderia, por conseguinte, parar de desejar a própria Dinamarca?

Não importa. Detive-me no banquete somente para explicar por que esta rainha Gertrude, demasiado absorvida pela diplomacia, sitiada por diversos tipos de carne, estava impossibilitada de se recolher e dar boa-noite ao filho.

Tenho que lhe mostrar Hamlet insone na cama — mas onde está o camarada que sabe representar a ausência? — de sono, quero dizer, e do beijo de mãe em sua face — pois uma face não beijada assemelha-se, em todos os pormenores, a uma face à qual nenhum ósculo se destinou, e um menino deitado na horizontal em seu catre, e sujeito às tergiversações e outros Frenesis característicos da *insônia*, pode, no entanto, ser tomado por uma criança importunada por uma pulga; ou febril; ou aborrecida, por lhe ter sido negado acesso à mesa dos adultos; ou praticando natação neste mar têxtil; ou G— sabe o quê, pois eu não. Mas ausência, como se sabe muito bem, torna o coração mais terno; e então Amleto levanta-se, e pé ante pé desce os corredores deste modo (se cada ponto representar a conjunção de uma ponta de pé com o soalho):
...../ ...../ ...../ ...../ ...../ etc. etc.

— até (para ser tão lépido quanto ele) chegar ao quarto de Gertrude e se precipitar para dentro, onde resolve aguardá-la, para que o que está faltando em sua face possa ser ofertado; um beijo de Letes da Mãe, e então irá dormir.

(Como se confirmou, este plano se revelou letal.)

E agora, em pantomima, deixe-me expor o que se seguiu (pois receio que a mesquinha distribuição de minhas páginas termine antes de minha história, e, assim, para compensar minha garrulice anterior, minhas personagens ver-se-ão compelidas a se apressarem em pantomimas, *tableaux*, e outros recursos aceleradores bastante inadequados para o conteúdo trágico da história. Mas não tem importância; minha enfadonha Sandice haverá de constituir esses antigos Bufões. Desse modo, a diligência, imposta por nosso fim inevitável, faz de nós todos *Yoricks*):

Hamlet horrorizado: Há vozes à porta! Não apenas a de sua mãe, mas a de um furioso beberrão inebriado: — Depressa, se esconda! — Mas onde? — A tapeçaria, nem um instante a perder! — Ele se esconde. (E assim dele se pode dizer que, mais tarde na vida, ele matou a si mesmo, sua memória de criança espreitando este lugar, de forma grisalha e polônia.)

Oh, o que ele ouve! O homem resmungante e estrondoso! Os gritos e os guinchos da mãe — ah, fracos apelos maternais! — Quem ameaça a Rainha? — Valentemente, o príncipe espia pela borda da tapeçaria, e vê...

...*O PAI* lançando-se desvairado sobre a dama. É um Horwendillo obeso-fanhoso sob quem a rainha Gertrude soluça e se bate — e depois se aquieta, enquanto a respiração soa áspera nos ouvidos de Hamlet, como se a garganta dela tivesse sido impedida.

O príncipe ouve a Morte vindo da voz dela, e compreende, com a agudez de um menino de sete anos de idade, que o pai intenta matar.

Agora ele se precipita!

— Chega! Chega, eu digo!

O pai recua! A mão da mãe logo busca a garganta, confirmando os receios de Hamlet de que ele a estrangulava! A cena é bastante clara. "Salvei-lhe a vida", pensa orgulhosamente Amleto. — Mas o inebriado Horwendillus avança sobre o filho, e o espanca, e o surra, e volta a espancá-lo. — Uma curiosa forma de espancamento, pois que introduz algo aos golpes dentro do príncipe — enquanto a natureza da maior parte das punições é golpear até arrancar o mal.

O que é posto aos golpes? Ora, o ódio; e obscuros sonhos de vingança.

Hamlet sozinho: Mas deixarei solilóquios para penas mais férteis. Meu velino silencia acerca do que Hamlet sentiu enquanto trancado e vergastado em seu quarto. O leitor terá que inferir os pensamentos dele a partir dos feitos dele.

Se quiser, o leitor pode vê-lo perseguido por fantasmas. Um espectro horwendilliano tremeluz diante dos olhos dele e parece extrair o hálito vital da Rainha. Os olhos de Amleto, que o medo tornou visionários, observam o terrível Espectro assassinar a rainha Gertrude mil vezes, e mais, em seguida assaltando-a para afogá-la na banheira (bolhas de sabão morrem nos lábios dela), agora estrangulando-a em frente do espelho, deste modo forçando-a a assistir à própria Morte.

Leitor, veja os sonhos de Hamlet: olhe através dos olhos dele a quimera de Horwendillus, seus dedos na garganta da mãe, em jardins, cozinhas, salões de baile e estufas; em cadeiras, camas, mesas e soalhos; em público e em particular, dia e noite, antes e depois do almoço, enquanto ela canta e quando ela silencia, vestida e desnuda, em barcos e a cavalo, no trono ou no urinol... e o leitor haverá de entender a razão pela qual ele, o príncipe, agora vê seu recente "resgate" não como Fim, mas apenas como um Começo, de sua angústia afetiva; a razão pela qual ele quebra a cabeça para encontrar alguma conclusão permanente de seu medo. — E assim nasce uma *Trama*, concebida pela Urgência a partir do Ódio, o órgão gerador a chibata real que lhe feriu o traseiro real, desferindo contra aquelas bochechas inferiores as mesmas yorickações que com frequência desferira contra o Bufão.

E a trama começa a convergir para Yorick; o amargo Hamlet irá usar o bobo como instrumento de vingança.

Agora o leitor pode ver dois ódios se amalgamarem: no irado cérebro de Hamlet a fúria funde (poder-se-ia bem dizer *casa*) Ofélia e o Rei. Ele vislumbra como sua implacável ira pode apedrejar estes dois pássaros (pois que é uma ira de Medusa, que pode transformar carne yoric em granito morto).

E, por fim, o leitor haverá de ouvir o pequeno príncipe em seu quarto, andando de um lado para outro, um obstinado enigma gotejando dos lábios:

> *Nem líquido, nem sólido, nem gasoso ar,*
> *Nem gosto, nem cheiro, nem substância no lugar.*
> *Algo que se volta para o bem ou para o mal.*
> *Verta-o num ouvido, e irá matar afinal.*

— Portanto, Leitor, meus parabéns. Sua imaginação, da qual brotaram todas essas sombrias suposições (pois principiei esta passagem prometendo a mim mesmo silenciar), revela-se, por meio delas, mais fértil e mais convincente do que a minha própria.

Muito bem e muito corretamente o leitor supôs que minha tarefa foi bastante abreviada. Falta apenas levar Hamlet e Yorick, um montado nas costas do outro como lhes é de hábito, até uma Plataforma sob o Castelo de Elsinore; onde o jovem príncipe verte um veneno tão mágico no ouvido de Yorick que o Bobo se abandona a frívolas Ilusões.

O leitor compreendeu tudo. — O espectro do pai vivo de Hamlet aparece, para assombrar o pobre Yorick; e o veneno conjura um segundo fantasma não morto — trata-se de Ofélia, esposa de Yorick, as vestes em desalinho, o corpo envolto em esplendor ectoplásmico e translúcido em volta do espectro do Rei!

— *O que era o veneno principesco?*

Basta decifrar seu próprio enigma, leitor, e saberá... Pois bem, não faz mal, eu o decifrarei para você. Era FALA.

Oh, veneno fatal! Sendo insubstancial, embora bastante serpentino, para ele não há antídoto. — Para ser claro, Hamlet convence o Bufão do pai de que Horwendillus e Ofélia, de que a dama Yorick e o Rei... não, não posso proferir aquela terrível palavra de ação, quando na verdade nada ocorreu! — E possivelmente (o velino está borrado, a esta altura, com lágrimas de outrora ou outro fluido salgado) o cruel rapaz apresentou "provas": um par de tampões de nariz dourados, embrulhados numa carta de amor forjada? Ou era um lenço? Não importa. O dano foi feito, e Yorick é um bobo multiplicado: sempre um Bobo por ofício, ele se tornou duas vezes pateta por ser o bobo do príncipe, e (a seus próprios olhos, pois, tal como ele vê, um Bobo aos olhos dos amantes) também um Asno, um Asno muito Insensato na aparência, devido aos cornos de marido traído entre as orelhas.

Mais estranho ainda — e aqui está a sombria essência da questão —, ao tornar-se um Bobo Verdadeiro ele sacrifica os privilégios do Bobo Profissional. Um bufão era uma curiosa espécie de Bobo, por sua roupa multicolorida autorizado a expressar sabedoria e com ela arrancar riso dos homens; a dizer a verdade, e contudo salvar a cabeça, retinindo por assim dizer com tolos sinos. — Sim, Bobos eram sábios, tão sábios quanto relógios, pois sabiam sua hora pelo que ela era. — Mas agora este sábio-relógio Yorick muda por completo; burlado pelo príncipe, ele começa a fazer papel de Bobo — faz papel de verdade, o que significa arengar, urrar, representar o marido ciumento com fatal seriedade.

O que era a intenção de Hamlet: forçar o Bobo a uma fatal insensatez. Eu disse que ele via o bufão como um segundo e apalhaçado pai: este pai substituto se desencadeia agora, por palavras envenenadas, contra o genitor real.

Quanto ao que resta:

Horwendillus dorme sozinho em seu Jardim das Oliveiras. Entra Yorick, com suco de abominável hebona num frasco. — O veneno que Hamlet verteu em seu ouvido precipitou-se, ou assim imaginariamente parece, para dentro deste frasco; e do frasco para dentro do ouvido do rei ele vai. — E aquele é Horwendillus morto; enquanto Ofélia, acusada e rejeitada por Yorick, perde os sentidos e vaga pelo palácio em floreada loucura até morrer de tristeza; loucura que oferece a chave a Cláudio, que então descobre o crime, e é a decapitação de Yorick, e ponto final.

— Mas eis um mistério, uma desconhecida mão operando! Pois que *alguém*, que não posso dizer quem é, recupera a cabeça decapitada; e com todos os subornos necessários, e sussurros, consegue enterrá-la naquele lugar, onde, depois de muitos anos, o príncipe será enfrentado por sua culpa óssea e sorridente. — Assim, um trocista sem cara, algum amante da irrefletida sagacidade do bufão, faz de seu descartado parvo uma "capital" diversão (senão inesperada).

Tonque titom, tonque titom, e tonque tonque titom... Leitor, o tempo está passando, e cada um de nós passa o tempo como melhor lhe apraz, seja batucando com os dedos, ou dormindo, ou namorando, ou consumindo uma sequência de salsichas, ou como bem quisermos; meu hábito mesmo é cantarolar, e portanto titom titom tonque titom. (Se o ritmo o aflige, vá-se e passe o tempo em alguma outra freguesia; a liberdade é um spaniel que fica fraco e balofo se não faz exercícios; portanto, senhor, exercite seu cão, este é o truque.)

— Mas, retornando depois de muitos anos a nossa Cena, o que é isso que vemos? Não Yorick; ele está morto. Então, é o *ESPECTRO DE YORICK*. Pois ao que parece ele assombra os vivos, de modo que podemos chamá-los de fogo-sábio... Leitor, quanta coisa deu errado em Elsinore!

Gertrude, sanguinariamente "resgatada" pelo filho do primeiro e não sanguinário esposo, permaneceu de luto por muitos anos, enquanto Cláudio reinava. (Quanto a isso, é verdade que minha história difere da do mestre CHACKPAW, e arruína pelo menos um grande solilóquio. Não apresento defesa, mas o que se segue: estas questões estão envoltas em antiguidade, e nelas não há certeza; portanto, que as versões da história coexistam, pois não há necessidade de escolha. — Ou isto: quando a rainha Gertrude finalmente esposou Cláudio, os anos intermediários foram, na turbulenta mente de Hamlet, por esta ação concertinados, toldados juntos, comprimidos; de modo que para ele a passagem da infância, adolescência e juventude parecia não mais longa do que dois meses [não, não tanto, não dois]... e isso é perfeitamente compreensível, pois não voaram eles no breve espaço de tempo que levou o cantarolar de meu tonque titom? Não passaram eles nos poucos momentos que levou para passear *Liberdade*, sua cadela spaniel? — Bom, então o leitor tem dois casos irrefutáveis em vez de um; e isso basta, espero.)

Como estava dizendo: Gertrude se casa! E agora o ciúme do morto Yorick, desalojado de seu cadáver de bufão e em busca de uma nova moradia, encontra uma em Hamlet. Está claro — assim Hamlet maquina — que o rei Cláudio deve ser acusado do assassinato do irmão, e a execução de Yorick deve ser desmascarada como a camuflagem, a *tapeçaria* atrás da qual a Verdade estava escondida. — Desse modo o espectro do Assassino é invocado uma segunda vez, e Hamlet, em sua paixão terna pela mãe, o vê vagando pela muralha de Elsinore.

Mas este Espectro tem seu próprio nome: pelo qual o príncipe, o acusador, é acusado. Perseguido pelo Fantasma de seu crime, ele começa a perder a razão. Trata mal até mesmo sua própria *Ofélia*, como o leitor sabe; sua cabeça tresloucada a confunde com a insuportável lembrança da falsamente maligna e putridamente odorosa mulher do Bobo; até que, enfim, o príncipe, que antes transformara Fala em Veneno, bebe de uma taça envenenada... e depois morto marcha, e também marcha dos vivos: velho Fortinbrás, há muito não convidado para uma refeição, em vez disso devora a Dinamarca.

O filho de Yorick sobrevive, e abandona a cena da tragédia da família; perambula pelo mundo, semeando sua semente em terras remotas, do Ocidente para o Oriente e de volta de novo; e gerações multicoloridas se sucedem, terminando (vou agora revelar) neste presente, humilde AUTOR; cuja descendência pode ser provada por isto, que ele tem em comum com toda a lamentável linhagem da família, o ato de que sua principal fraqueza é relatar uma espécie particular de História, que homens doutos denominaram de *canto clerical*, e também *taurino*.

— E assim tal conto da CAROCHINHA chega por esta última confissão a sua conclusão final.

NO LEILÃO DOS CHINELOS DE RUBI

Os arrematadores que se reuniram para o leilão dos chinelos mágicos se assemelham muito pouco à habitual multidão da sala de vendas. Os leiloeiros divulgaram amplamente o evento e estão preparados para receber todos. Hoje em dia as pessoas se arriscam só raramente; mas, e corretamente, os leiloeiros estavam convencidos de que estes objetos nos atrairiam para fora de nossas casamatas. Fortes sentimentos são esperados. Consequentemente, além dos serviços regulares para o conforto e a segurança das personalidades mais célebres, cuspideiras de bronze extralargas foram colocadas nos saguões e nos banheiros, para uso dos fisicamente doentes; equipes de psiquiatras de diversas disciplinas foram instaladas em confessionários neogóticos estrategicamente situados, para aconselhar os doentes do coração.

Hoje em dia muitos de nós somos doentes.

Não há padres. Os leiloeiros estabeleceram uma linha divisória. Os padres ficam em outros prédios, vizinhos, prédios com os quais eles estão familiarizados, esperando lidar com qualquer problema psíquico, qualquer acesso de insanidade.

Unidades de obstetras e destacamentos de policiais da SWAT com capacete estão a postos, fora da visão, em ruelas laterais, para o caso de a excitação causar nascimentos ou mortes inesperados. Listas de parentes próximos foram organizadas e os números para contatos, registrados. Um suprimento de camisas de força foi estocado.

Veja: atrás de vidro à prova de bala, os chinelos de rubi cintilam. Desconhecemos os limites de seus poderes. Suspeitamos que esses limites nem existam.

Astros e estrelas do cinema estão presentes, entre os arrematadores, trazendo suas auras lustrosas e reluzentes para a sala de venda. Auras de astros e estrelas do cinema, desenvolvidas em cooperação com mestres da psicologia aplicada, são platinadas, douradas, prateadas, bronzeadas. Determinados atores de gênero que se especializam em papéis de vilão são cercados por auras do mal — verde-lívido, amarelo-mostarda, vermelho-tinto. Quando um de nós se choca com uma inestimável (e frágil) aura de astro, ou de estrela, ele, ou ela, é instantaneamente lançado ao chão por uma equipe de segurança e rapidamente carregado até a confortável perua que espera lá fora. Tais incidentes diminuem um pouco a aglomeração na Grande Sala de Vendas.

Os viciados em memorabília estão à solta com força previsível, e agora, com um movimento de inclinação da cabeça, um deles, ela, encosta os lábios desesperados na gaiola transparente dos chinelos, disparando o avançado sistema de segurança cujos programadores se descuidaram de informá-lo sobre a relativa inocência de um tal gesto de adoração. O sistema descarrega cem mil volts de eletricidade dentro dos lábios enxertados de *collagen* da beijadora do vidro, pondo-lhe um ponto final no interesse.

É um momento desagradavelmente bafejante mas que

não consegue impedir um segundo aficionado de cometer o mesmo ato suicida de devoção. Quando tomamos conhecimento de que este mentecapto era o amante da primeira fatalidade, surpreendemo-nos com os mistérios do amor, enquanto mais uma vez apanhamos nossos lenços perfumados.

O culto dos chinelos de rubi está no auge. Uma festa a fantasia está em plena vibração. Bruxos, Leões, Espantalhos abundam. Acotovelam-se irritadiços disputando uma posição, pisando nos pés uns dos outros. Há escassez de Homens de Lata, devido ao peculiar desconforto da fantasia. Bruxas esperam a vez nos balcões e nas galerias da Grande Sala de Vendas, gárgulas vivas com, em muitos casos, altas avaliações de crédito. Um canto é ocupado inteiramente por Totós, diversos deles copulando entusiasticamente, obrigando um porteiro de luvas de borracha a separá-los para evitar ofensa pública. Ele o faz com grande delicadeza e gosto.

Nós, o público, ficamos fácil e mortalmente ofendidos. Chegamos a pensar que levar uma coisa a mal é um direito fundamental. Damos grande valor a muito pouca coisa além de nossa ira, a qual nos dá, em nossa opinião, o fundamento moral superior. Deste fundamento superior podemos abater nossos inimigos e infligir pesadas baixas. Orgulhamo-nos de nosso pavio curto. Nossa ira se eleva, transcende.

Em torno do — digamos — santuário dos chinelos incrustados de rubi, formaram-se poças de saliva. Há entre nós aqueles que não se contêm, que babam. O porteiro latino de *jumper* vai se movimentando entre nós, um balde numa das mãos e na outra um esfregão. Admiramos e agradecemos seu talento para a discrição. Ele remove nossas águas bucais do chão sem que nossa cara caia no próprio.

Oportunidades de encontrar o verdadeiramente milagroso são limitadas em nosso universo nietzschiano e relativista. Filósofos behavioristas e cientistas dos quanta se amontoam ao redor dos sapatos mágicos. Fazem anotações indecifráveis.

Exilados, refugiados políticos de toda espécie, mesmo vagabundos desabrigados apareceram para um vislumbre do impossível. Saíram de suas tocas e enfrentaram bazucas, as gangues armadas Uzi excitadas por *crack*, ou *smack* ou *ice*, os contrabandistas, os saqueadores. Os vagabundos usam ponchos de juta malcheirosos e escarram ruidosamente nas iúcas gigantes dos vasos. Apoderam-se de punhados de canapés nas bandejas carregadas pelas soberbas palmas de garçons de primeira qualidade. Comem sushi com impressionantes quantidades de molho *wasabi*, a cujos poderes inflamatórios as entranhas dos vagabundos parecem impermeáveis. Grupos de policiais da SWAT são chamados e, depois de uma breve batalha envolvendo o uso de balas de borracha e dardos sedativos, os vagabundos são retirados, espancados até a inconsciência e levados para longe dali. Serão despejados em algum ponto além dos limites da cidade, algum lugar naquela fumegante terra de ninguém cercada por tapumes publicitários gigantescos e na qual não nos aventuramos mais. Cães selvagens vão se agregar a eles, ávidos de comida. Estes tempos são implacáveis.

Refugiados políticos estão no leilão: conspiradores, monarcas depostos, facções derrotadas, poetas, chefes de bandoleiros. Tais figuras já não usam as boinas pretas, os óculos de lentes de cristal ou os sobretudos de outrora, mas assumem atitudes resplandecentes usando paletós de seda de linha reta e pantalonas japonesas de cintura alta. As mulheres vestem jaquetas de toureiro com lantejoulas representando grandes obras de arte. Uma belezoca exibe *Guernica* nas costas, enquanto várias outras vergam reluzentes cenas da série *Desastres da guerra* de Francisco Goya.

Incandescentes em seus trajes de luzes, as refugiadas políticas não chegam a eclipsar os chinelos de rubi, e se comprimem com seus companheiros em pequenos grupos sibilantes, periodicamente lançando imprecações, pelotas de tinta, bolas de cuspe e dardos de papel que cruzam o salão e vão atingir os grupos rivais de *émigrés*. Os guardas postados nas saídas estalam seus açoites ociosamente e os políticos controlam a si mesmos.

Veneramos os chinelos de rubi porque acreditamos que podem nos tornar invulneráveis a bruxas (e há tantos feiticeiros nos perseguindo hoje em dia); porque têm o poder de reverter a metamorfose, são a afirmação de um estado perdido de normalidade no qual quase deixamos de acreditar e ao qual os chinelos prometem que podemos retornar; e porque brilham como os calçados dos deuses.

Críticas que condenam a fetichização dos chinelos são feitas pelos fundamentalistas religiosos, que puderam entrar graças ao extremo liberalismo de alguns dos leiloeiros, que argumentam que uma sala de vendas tem de ser uma ampla igreja, aberta, tolerante. Os fundamentalistas declararam abertamente que estão interessados em comprar o mágico calçado só para queimá-lo, e este não é, aos olhos dos leiloeiros liberais, um programa censurável. Qual é o preço da tolerância se o intolerante também não é tolerado? "Dinheiro insiste na democracia", insistem os leiloeiros liberais. "Dinheiro vivo de qualquer um é tão bom quanto dinheiro vivo de qualquer outro." Os fundamentalistas fulminam de uma caixa de sabão construída de madeira especial, santificada. São ignorados, mas algumas importantes figuras presentes falam ominosamente da afiada extremidade da cunha.

Órfãos chegam, esperando que os chinelos de rubi possam transportá-los de volta no tempo e no espaço (pois, como provam nossas equações, todas as máquinas do espaço são também máquinas do tempo): eles esperam que os famosos calçados os reúnam com os pais mortos.

Homens e mulheres de caráter dúbio estão presentes — intocáveis, proscritos. As forças de segurança tratam rudemente muitos deles.

"Casa" tornou-se um conceito difuso, distorcido e variável em nossos atuais labores. Há tanto que se desejar. Já não há tantos arco-íris. Com que firmeza podemos esperar que mesmo um par de sapatos mágicos exerça sua função? Eles nos prometeram nos levar para *casa*, mas são as metáforas do caseiro compreensíveis para eles, são as abstrações admissíveis? São eles literalistas, ou nos permitirão redefinir a palavra sagrada?

Estamos pedindo, esperando, demais?

Uma vez que nossas inúmeras necessidades emergem de seus redutos e acossam o vidro eletrificado, irão os sapatos, como os peixes chatos dos Grimm, perder a paciência com nossas exigências cada vez maiores e nos devolver para os telheiros de nossos descontentes?

* * *

A presença de seres imaginários na Sala de Vendas talvez seja a última gota. Crianças de pinturas australianas do século XIX estão aqui, choramingando em suas molduras douradas e ornadas por estarem perdidas na imensidão do agreste. Com camisolas azuis e meias curtas, perscrutam florestas tropicais e desertos vermelhos, e estremecem.

Uma personagem literária, condenada a ler eternamente as obras de Dickens para um louco armado numa selva, enviou um lance por escrito.

Num monitor de televisão, noto a frágil figura de uma criatura alienígena com uma ponta de dedo iluminada.

Esta impregnação do mundo real pelo ficcional é um sintoma da decadência moral de nossa cultura pós-milenária. Heróis saem das telas de projeção e se casam com espectadoras na plateia. Não haverá fim para isso? Deveria haver controles mais rigorosos? Está o Estado empregando violência insuficiente? Debatemos essas questões com frequência. Há pouca dúvida de que uma grande maioria de nós se opõe à migração livre e irrestrita de seres imaginários para uma realidade já deteriorada, cujos recursos diminuem dia após dia. Afinal de contas, poucos de nós escolheriam viajar na direção oposta (embora haja notícias convincentes de um aumento de tais migrações ultimamente).

Arquivo tais controvérsias por enquanto. O Leilão está para começar.

É necessário que eu fale sobre minha prima Gale, e seu hábito de gemer alto enquanto faz amor. Vou ser franco: minha prima Gale foi e é o amor de minha vida, e mesmo agora que nos separamos fico facilmente excitado com as simples lembranças de seus ruídos eróticos. Apresso-me a acrescentar que, exceto por esta volubilidade, não havia nada de anormal no sexo que fazíamos, nada, se posso colocar desta forma, *ficcional*. No entanto, me satisfazia profundamente, profundamente, principalmente quando ela decidia exclamar no momento da penetração: "Casa, cara! Casa, carinha, sim — chegou a casa!".

Um dia, triste contar, cheguei a casa e a encontrei nos braços de um hirsuto fujão de um filme sobre o homem das cavernas. Mudei de lá no mesmo dia, chorando enquanto descia a rua com minha imagem de Gale disfarçada de um tufão embalado em meus braços e com minha coleção de velhos discos 78 rpm de Pat Boone enfiada na mochila presa às costas.

Isso aconteceu há muitos anos.

Por um período depois que Gale me deu o fora, eu estava amargurado e revelava para nosso círculo social que ela havia perdido a virgindade aos catorze anos num acidente que envolvia uma cunha defeituosa: mas a índole vingativa não me satisfez por muito tempo.

Desde aqueles dias tenho me dedicado à memória dela. Fiz de mim mesmo uma vela em seu templo.

Sei bem que, depois de todos aqueles anos de separação e não comunicação, a Gale que adoro não é inteiramente uma pessoa real. A Gale real se confundiu com minha reimaginação dela, com meu aperfeiçoamento particular da continuidade de nossa vida juntos num universo alternativo desprovido de homens-macacos. A Gale real talvez agora esteja além de nosso alcance, inefável.

Eu a vi de relance recentemente. Ela estava no fundo de um longo e escuro bar subterrâneo vigiado por comandos independentes portando armas nucleares de campos de batalha. Havia salgadinhos polinésios no balcão e cervejas da orla pacífica na torneira: Kirin, Tsing-Tao e Swan.

Naquela época, vários canais de televisão se concentravam no triste caso do astronauta encalhado em Marte sem esperança de resgate, e com suprimentos de comida e ar respirável chegando ao fim. Porta-vozes oficiais nos falavam de argumentos convincentes para o repentino cancelamento do orçamento destinado à exploração espacial. Consideramos esses argumentos fortes; vozes influentes se queixaram da sentimentalidade das imagens do astronauta agonizante. Apesar disso, as câmaras no interior da nave abandonada continuaram a nos mandar imagens pungentes desta lenta descida ao desespero, a morte de baixa gravidade e de peso reduzido do astronauta.

Eu observava minha prima Gale enquanto ela via a TV do bar. Ela não me viu observando-a, não sabia que tinha se tornado meu programa preferido.

O homem condenado em outro planeta — o homem condenado *na TV* — começou a cantar uma grasnada miscelânea de canções semilembradas. E eu me lembrei do computador moribundo, Hal, no velho filme *2001: uma odisseia no espaço*. Hal cantava "Daisy, Daisy" enquanto era desconectado.

O marciano — pois ele era agora um residente permanente daquele planeta — nos oferecia espaçadas interpretações de "Swanee", "Show me the way to go home" e várias canções do *Mágico de Oz*; e os ombros de Gale começaram a tremer. Ela estava chorando.

Não fui até lá para confortá-la.

A primeira vez que ouvi falar do iminente leilão dos chinelos de rubi foi na manhã seguinte, e decidi imediatamente comprá-los, não interessava o preço. Meu plano era simples: ofereceria os sapatos-milagres a Gale com toda a humildade. Se ela quisesse, eu ia dizer, poderia usá-los para viajar até Marte e trazer o astronauta de volta à Terra.

Talvez eu até pudesse bater um salto contra o outro três vezes, e ganhar de volta o coração dela murmurando, num suave lembrete de nosso amor desperdiçado: *Não há lugar como o lar.*

Você ri de meu desespero. Ah! Vá dizer para um homem se afogando que não se agarre a fios de palha. Vá pedir a um astronauta agonizante que não cante. Venha cá e ponha-se no meu lugar. O que foi que o Leão Covarde disse mesmo? Chega. Cheeeeega. Vou combatê-lo com uma das mãos amarrada atrás das costas. Vou combatê-lo com meus olhos fechados.

Está com medo, né? Com medo?

A Grande Sala de Vendas dos leiloeiros é o coração pulsante da terra. Se você ficar aqui por algum tempo, todas as maravilhas do mundo passarão. Na Grande Sala de Vendas, nos últimos anos, testemunhamos o leilão do Taj Mahal, da Estátua da Liberdade, dos Alpes, da Esfinge. Assistimos à venda de esposas e à compra de maridos. Segredos de Estado foram vendidos aqui, abertamente, ao mais ousado arrematador. Numa ocasião bastante especial, os leiloeiros presidiram a venda, a um bando superaquecido e intersectário de latentes demônios vermelhos, de uma ampla coleção de almas humanas de todas as classes, qualidades, idades, raças e credos.

Tudo está à venda, e, sob a firme mas essencialmente benevolente supervisão dos leiloeiros, seus cães de segurança e destacamentos da SWAT, empenhamo-nos numa batalha de perspicácias e carteiras, uma guerra de nervos.

Há uma pureza em nossos leilões aqui; e também uma tensão esteticamente agradável entre a vasta complexidade da vida que, embrulhada em lotes, vai à venda e a igualmente imensa simplicidade de nossa maneira de lidar com esta vida.

Fazemos um lance, os leiloeiros batem o martelo à venda de um lote, passamos adiante.

Todos são iguais diante da justiça dos martelos: o artista de calçada e Michelangelo, a moça escrava e a Rainha.
Este é o tribunal da demanda.

Agora estão fazendo os lances para os chinelos. À medida que o preço aumenta, aumenta minha indisposição. O pânico me toma, puxa-me para baixo, afogando-me. Penso em Gale — doce prima! — e revido ao medo e faço meu lance.

Certa vez, o viúvo de uma cantora pop muito querida e de fama mundial pediu-me para representá-lo num leilão de memorabília de rock. Ele era o único administrador do patrimônio da cantora, o qual estava avaliado em dezenas de milhões. Tratei-o com respeito.
— Tem só um lote que eu quero — ele disse. — Gaste o que você tiver que gastar.
Era uma peça de roupa, um par de calcinhas de papel de arroz comestíveis com sabor de hortelã-pimenta, adquiridas havia muito tempo numa loja em (acho que o nome era este) Rodeo Drive. As apresentações da falecida mulher de meu patrão incluíam a remoção pública e o consumo de vários desses pares. Mais calcinhas, com uma variedade de sabores — chocolate, glória de intimidade, cassata —, eram atiradas para a multidão na plateia. Estas também eram devoradas na excitação geral do concerto, os receptores de sorte também levados a refletir sobre o futuro valor daquilo que tinham em mãos. As roupas de baixo usadas de fato pela senhora eram, portanto, escassas, e atualmente em grande demanda.

Durante o leilão, os lances apareciam em conexões de vídeo com Tóquio, Los Angeles, Paris e Milão, lances tão rápidos e de tal volume que perdi a paciência. Contudo, quando telefonei para meu patrão para confessar meu fracasso, ele se mostrou impassível, interessado apenas no preço final. Mencionei uma soma de cinco algarismos, e ele riu. Foi a primeira risada genuinamente alegre que ouvi dele desde o dia em que a mulher morreu.

— Está bem, então — ele disse. — Tenho trezentas mil dessas calcinhas.

É aos leiloeiros que vamos para estabelecer o valor de nosso passado, de nosso futuro, de nossa vida.

O preço dos chinelos de rubi vai aumentando cada vez mais. Muitos dos arrematadores parecem ser procuradores, como eu era no dia das calcinhas; como sou com tanta frequência, de várias maneiras.

Hoje, porém, estou oferecendo lances — talvez literalmente — para mim mesmo.

Há uma explosão lá fora na rua. Ouvimos pés que correm, sirenes, gritos. Essas coisas se tornaram lugar-comum. Ficamos onde estamos, absorvidos por um drama mais elevado.

As cuspideiras estão em pleno uso. Bruxas lamentam, astros e estrelas do cinema precipitam-se para fora com as auras embaçadas. Filas de desconsolados formam-se diante das cabines dos psiquiatras. Há trabalho para os guardas de cassetetes, embora não, por enquanto, para os obstetras. A ordem é mantida. Sou a única pessoa na Sala de Vendas ainda fazendo lances. Meus concorrentes são cabeças separadas do corpo nas telinhas dos vídeos, e vozes não ouvidas nas ligações telefônicas. Estou batalhando com um mundo invisível de demônios e fantasmas, e o prêmio é a mão de minha dama.

No auge do leilão, quando o dinheiro se tornou não mais do que uma maneira de marcar pontos, acontece uma coisa que reluto em admitir: a gente fica desligado da Terra.

Há uma perda de gravidade, uma redução de peso, uma flutuação na cápsula do esforço. O alvo supremo atravessa uma fronteira delirante. Seu alcance e nossa própria sobrevivência se tornam — sim! — ficções.

E ficções, como estive perto de sugerir antes, são perigosas.

Nas garras da ficção, podemos hipotecar nossas casas, vender nossos filhos, possuir tudo o que desejamos. Alternativamente, neste oceano poluído, podemos simplesmente flutuar para longe de nossos desejos, e vê-los sob nova forma, à distância, de modo que parecem sem gravidade, triviais. Deixamos que se dispersem. Como homens morrendo numa nevasca, deitamos na neve para descansar.

Assim é que minha prima Gale perde sua influência sobre mim no crisol do leilão. Assim é que abandono os lances, vou para casa e adormeço.

Quando acordo, sinto-me revigorado, e livre.

Na semana que vem há um outro leilão. Árvores genealógicas, brasões, linhagens reais estarão à venda, e em qualquer um deles alguém poderá introduzir o nome que quiser, o próprio nome, ou o nome da pessoa querida. Pedigrees caninos e felinos estarão em oferta também: alsaciano, birmanês, *saluki*, siamês, terrier.

Graças à infinita generosidade dos leiloeiros, qualquer um de nós, gato, cão, homem, mulher, criança, pode ser um sangue azul; pode ser — como ansiamos ser; e como, encolhendo-nos em nossos refúgios, receamos não ser — *alguém*.

CRISTÓVÃO COLOMBO E RAINHA ISABEL DE ESPANHA CONSUMAM SEU RELACIONAMENTO (SANTA FÉ, A. D. 1492)

Colombo, um estrangeiro, segue a rainha Isabel por uma eternidade sem perder as esperanças completamente.
— *Em que atitude característica?*
Orgulhoso porém suplicante, a cabeça ereta mas os joelhos curvados. Lisonjeiro porém audaz; possuidor de uma determinada vulgaridade insolente, ele se sai bem graças ao charme de homem confiante. Contudo, com o passar do tempo, os insinuantes aspectos de sua posição são enfatizados; a vistosa vulgaridade de marujo desgasta-se um pouco. Assim como seus sapatos.
— *Sua esperança. De quê?*
Respostas óbvias primeiro. Tem esperança de uma promoção. Ele quer atar o favor da Rainha a seu elmo, como um cavaleiro num romance. (Ele não tem elmo.) Tem esperança de dinheiro, e de três caravelas, *Niña Pinta Santa Maria*; de, em 1492, navegar o oceano azul. Mas, quando chegou à corte pela primeira vez, quando a Rainha mesma lhe perguntou o que ele desejava, Colombo curvou-se sobre a mão olivácea dela e, com os lábios distantes um respiro do grande anel do poder dela, murmurou uma única e perigosa palavra.

"Consumação."

— *Estes estrangeiros indescritíveis! A ousadia! "Consumação", com efeito! E depois seguindo os passos dela, mês após mês, como se ele tivesse uma chance. Suas missivas grosseiras, suas serenatas dissonan-*

tes sob as janelas dela, obrigando-a a mantê-las fechadas, excluindo a brisa refrescante. Tinha coisa melhor para fazer, ela, um mundo para conquistar, e assim por diante, quem ele pensava que era?

⇌ *Estrangeiros podem ser obstinados. E podem também, por conta das dificuldades de língua, não compreender. Depois, não nos esqueçamos, considera-se de* rigueur *conservar alguns estrangeiros na corte. Eles emprestam ao lugar um certo tom cosmopolita. São com frequência pobres e, consequentemente, se dispõem a desempenhar diversas tarefas necessárias mas sujas. Eles são, além do mais, um alerta contra a complacência, sua existência entre nós nos lembrando de que há partes da Terra nas quais (difícil é aceitá-lo) nós mesmos também seríamos considerados estrangeiros.*

⌒ *Mas falar desse jeito com a Rainha!*

⇌ *Estrangeiros esquecem seu lugar (tendo-o deixado para trás). Com o tempo, começam a se ver como nossos iguais. É um risco inevitável. Eles introduzem em nossa austeridade palavras lisonjeiras italianadas. Coisa nenhuma: faça ouvidos moucos, olhe para o outro lado. Eles raramente representam dano real, e vão longe demais apenas infrequentemente. A Rainha, pode ter certeza, sabe cuidar de si mesma.*

Colombo, na corte de Isabel, logo ganha a reputação de ser um homem louco. Suas roupas são excessivamente coloridas e ele bebe, também, com excesso. Quando Isabel conquista uma vitória militar, ela a celebra com onze dias de salmos e com as sonoras severidades de padres. Colombo espatifa-se no chão em frente à catedral, brandindo um odre de vinho. Ele é um deboche único.

⌒ *Veja-o, o bêbado, sua enorme e desgrenhada cabeça repleta de disparates! Um tolo de olho brilhante sonhando com um paraíso dourado além da Beira Ocidental das Coisas.*

* * *

"Consumação."

A Rainha brinca com Colombo.
No almoço ela lhe promete tudo o que ele quer; depois o ignora mais tarde no mesmo dia, olhando através dele como se ele fosse um véu.

No dia santificado dele, ela o chama até o vestiário privado, dispensa as moças, permite que ele lhe prenda o cabelo e, por um momento, acaricie-lhe os seios. Em seguida chama os guardas. Ela o manda para os estábulos e os chiqueiros por quarenta dias. Ele senta desconsolado no feno mastigado por cavalos enquanto os pensamentos fogem para o distante e fabuloso ouro. Ele sonha com os perfumes da Rainha, mas desperta, nauseado, num chiqueiro.

Brincar com Colombo dá prazer à Rainha.
E dar prazer à Rainha, ele lembra a si mesmo, pode ajudá-lo a alcançar seu propósito. Porcos se espolinham a seus pés. Ele range os dentes.

"Dar prazer à Rainha é bom."

Colombo pondera:
Ela o atormenta apenas para passar o tempo?
Ou: porque ele é estrangeiro, e ela não está familiarizada com seus modos e intenções.
Ou: porque seu dedo do anel, ainda quente com a lembrança de seus lábios, sua respiração, foi — como dizer? — *tocado*. Sim: tentáculos de tepidez recuam dos dedos dela na direção do coração. Uma turbulência foi provocada.
Ou: porque ela está dividida entre a possibilidade de

abraçar a maquinação dele com um abandono de amante e a opção mais convencional, e diferentemente (maliciosamente) agradável, de destruí-lo ao rir, finalmente, depois de tanto preâmbulo, em sua cara boba e suplicante.

Colombo consola-se com possibilidades. Contudo, nem todas as possibilidades são consoladoras.

Ela é uma monarca absoluta. (O marido é um zero absoluto: um espaço vazio, não poderia ser mais frio. Não voltaremos a falar dele.) Ela é uma mulher cujo anel é beijado com frequência. Não significa nada para ela. Bajulações não lhe são estranhas. Ela resiste a elas sem esforço.

Ela é uma tirana, que conta entre suas posses uma coleção particular de quatrocentos e dezenove bobos, alguns deles grotescamente defeituosos, outros tão belos como a alvorada. Ele, Colombo, é apenas seu quadringentésimo vigésimo idiota. Este também é um roteiro plausível.

Ou: ela compreende o sonho dele de um mundo além do fim do mundo, e está comovida com ele, tão profundamente que o sonho a assombra, e ela primeiro se aproxima, e depois se afasta dele.

Ou: ela não compreende de modo algum, nem quer compreender.

"Faça sua escolha."

O certo é que *ele* não *a* compreende. Apenas os fatos são claros. Ela é Isabel, a Rainha conquistadora. Ele é seu homem (embora rouquenho, multicolorido, beberrão) invisível.

"Consumação."

Os apetites sexuais do macho diminuem; os da fêmea continuam, com o avançar dos anos, a aumentar. Isabel é a última esperança de Colombo. Começam a lhe faltar possíveis protetores, negociações de venda, coquetismo, cabelo, energia.

O tempo se arrasta.

Isabel galopa, vencendo batalhas, expulsando mouros de suas fortalezas, seus apetites se expandindo semana após semana. Quanto mais terras ela engole, mais guerreiros ela engolfa, mais faminta ela fica. Colombo, ciente de uma lenta paralisia no interior de si mesmo, repreende-se. Devia ver as coisas como elas são. Devia cair em si. Que chance tem ele aqui? Há dias em que ela o faz limpar latrinas. Há outros em que ele tem de lavar corpos, e depois de uma batalha os corpos não estão limpos. Soldados que vão para a guerra usam fraldas sob as armaduras porque o medo da morte solta os intestinos, solta todas as vezes. Colombo não foi feito para este tipo de trabalho. Ele diz a si mesmo para abandonar Isabel; de uma vez por todas.

Mas há problemas: sua idade avançada, a escassez de protetores. Assim que levantar acampamento, terá que esquecer a viagem para o Ocidente.

O conjunto de opiniões filosóficas que sustentam que a vida é absurda nunca o atraiu. Ele é um homem de ação, que se revela em feitos. Mas sem a viagem para o Ocidente será obrigado a aceitar a falta de sentido da vida. Também isso seria uma derrota. Invisível com suas quentes cores tropicais, não correspondido, ele fica, seguindo como cão as pegadas dela, esperando pelo êxtase de um olhar dela.

— A busca do dinheiro e do patronato — diz Colombo — não é tão diferente da procura do amor.

— Ela é onipotente. Castelos caem a seus pés. Os judeus foram expulsos. Os mouros se preparam para a última rendi-

ção. *A Rainha está em Granada, cavalgando à frente de seu exército.*

⇌ *Ela domina. Nada que ela tenha querido foi jamais recusado.*

⌒ *Todos os seus sonhos são profecias.*

⇌ *Agindo segundo informações recebidas durante o sono, ela traça os invencíveis planos de batalha, frustra as conspirações de assassinos, toma conhecimento de deslealdades e corrupções pelas quais faz chantagem tanto com os legalistas (para garantir apoio) quanto com os oponentes (para garantir apoio). Os sonhos a ajudam a prever o tempo, negociar tratados e investir astutamente no comércio.*

⌒ *Ela come como um cavalo e jamais engorda uma onça sequer.*

⇌ *A terra adora seus passos. As sombras desaparecem diante do esplendor de seus olhos.*

⌒ *A face dela é uma luxuriante península situada num oceano de cabelo.*

⇌ *Os baús de tesouro dela são inexauríveis.*

⌒ *As orelhas dela são delicados pontos de interrogação, que sugerem algo de incerteza.*

⇌ *As pernas dela.*

⌒ *As pernas dela não são tão magníficas.*

⇌ *Ela vive descontente.*

⌒ *Nenhuma conquista a satisfaz, nenhum auge de êxtase é bastante elevado.*

⇌ *Veja: lá, nos portões de Alhambra, está Boabdil, o Desventurado, o último sultão do último reduto de todos os séculos da Espanha árabe. Olhe: agora, neste mesmo instante, ele entrega-lhe as chaves da citadela nas mãos... pronto! E enquanto o peso das chaves passa das mãos dele para as dela, ela... ela...* boceja.

Colombo abandona a esperança.

Enquanto Isabel está entrando em Alhambra com indiferente triunfo, ele está selando a mula. Enquanto ela vaga ociosa na corte dos Leões, ele parte numa afobação de chicotes cotovelos cascos, tudo rapidamente obscurecido por uma nuvem de poeira.

A invisibilidade clama por ele. Ele cede à vontade dela. Sabendo que está abandonando seu destino, ele o abandona. Cavalga para longe da rainha Isabel com ira desesperada, cavalga dia e noite, e quando a mula morre sob seu peso ele põe nos ombros as ridículas sacolas de cigano feitas de retalhos, as cores berrantes caladas agora pela sujeira; e caminha.

Em torno dele se estende a fértil planície que os exércitos dela subjugaram. Colombo nada vê, nem a fertilidade da terra nem a repentina esterilidade dos castelos conquistados que olham de seus pináculos para baixo. Os fantasmas de civilizações derrotadas fluem despercebidos pelos rios cujos nomes — Guadalisto e Guadalaquilo — retêm um eco do passado exterminado.

No alto, os rodeios-arabescos dos pacientes bútios.

Judeus passam por Colombo em longas colunas, mas a tragédia de sua expulsão não o impressiona de modo algum. Alguém tenta vender-lhe uma espada de Toledo; ele dispensa o homem com um gesto. Tendo perdido o próprio sonho das caravelas, Colombo deixa os judeus às caravelas de seu exílio, esperando na enseada de Cádiz. A exaustão despe-o dos sentidos. Este mundo é velho demais e o novo mundo é uma terra não descoberta.

— A perda de dinheiro e de patronato — Colombo diz — é tão amarga quanto o amor não correspondido.

Ele caminha além da fadiga, além dos limites da resistência e das fronteiras do eu, e em algum ponto ao longo desse trajeto perde o equilíbrio, cai da beira da sanidade, e aqui, além da margem da mente, vê, pela primeira e única vez na vida, uma visão.

É um sonho de um sonho.
Ele sonha com Isabel, languidamente explorando Alhambra, a magnífica joia que ela pegou de Boabdil, o último dos Nasrid.
Ela olha fixo uma grande tigela de pedra suspensa no alto por leões de pedra. A tigela está cheia de sangue, e nele ela vê — *ou seja, Colombo sonha que ela vê* — uma visão de si mesma.
A tigela lhe mostra que tudo, todo o mundo conhecido, agora pertence a ela. Todos no mundo estão em suas mãos, para fazer o que ela quiser. E assim que ela compreende isso — *Colombo sonha* — o sangue coagula imediatamente, tornando-se uma borra espessa e verminosa. Ao que a Isabel da exausta, mas também vingativa, imaginação de Colombo estremece até a medula ao perceber que jamais, *jamais*, JAMAIS! ficará satisfeita com a posse do Conhecido. Somente o Desconhecido, talvez mesmo o Incognoscível, pode satisfazê-la.

Imediatamente ela se lembra de Colombo (*ele a imagina lembrando-se dele*). Colombo, o homem invisível que sonha entrar no mundo invisível, o desconhecido e talvez incognoscível mundo além da Beira das Coisas, além da tigela de pedra do cotidiano, além do espesso sangue do oceano. Colombo, neste amargo sonho, faz Isabel ver a verdade finalmente, fá-la aceitar que sua necessidade dele é tão grande quanto a que ele tem dela. Sim! Agora ela sabe! Ela tem tem tem que lhe dar dinheiro, as caravelas, qualquer coisa, e ele tem tem tem que levar a bandeira e o favor dela para além do fim do fim da terra, até a exaltação e a imortalidade, unindo-a a ele para sempre com laços bem mais difíceis de desfazer que os de qualquer amor mortal, os severos e divinos laços da história.

"Consumação."

No selvagem sonho de Colombo, Isabel arranca os cabelos, sai correndo da corte dos Leões, grita por seus arautos.
— Encontrem-no — ordena.
Mas Colombo, em seu sonho, recusa-se a ser encontrado. Ele se envolve com o poeirento manto de retalhos coloridos de sua invisibilidade, e os arautos galopam para cá e para lá em vão.
Isabel guincha, implora, suplica.
Cadela! Cadela! Está gostando agora, Colombo zomba. Com o ausentar-se da corte dela, com esta derradeira e suicida invisibilidade, negou-lhe o desejo do coração. Ela merece.
Cadela!
Ela aniquilou-lhe as esperanças, não aniquilou? Pois então. Ao fazê-lo, ela também se sacrificou. Justiça poética. Justiça é justiça.

No final do sonho ele permite que os mensageiros o encontrem. Seus ploque-ploques de cascos, seus frenéticos braços acenando. Eles rogam, adulam, oferecem suborno. Mas é tarde demais. Somente a doce e autodilacerante alegria de assassinar a Possibilidade permanece.

Ele responde aos arautos: um balançar de cabeça.
— Não.

Ele cai em si.
Está ajoelhado na fertilidade das planícies, aguardando a morte. Ouve os ploque-ploques de cascos se aproximando e levanta os olhos, meio que esperando ver o Anjo Exterminador, cavalgando na direção dele como um conquistador. Suas asas negras, o enfado na face.
Os arautos de Isabel o cercam. Oferecem-lhe comida, bebida, um cavalo. Estão berrando.

⸺ *Boas novas! A Rainha mandou chamá-lo.*
⇋ *Sua viagem: novas maravilhosas.*
⸺ *Ela viu uma visão, que a assustou.*
⇋ *Todos os sonhos dela são profecias.*

Os arautos desmontam dos cavalos. Oferecem suborno, adulam, rogam.
⸺ *Ela abandonou a corte dos Leões, gritando seu nome.*
⇋ *Ela o enviará para além da tigela de pedra do mundo conhecido, para além do espesso sangue do oceano.*
⸺ *Ela está esperando por você em Santa Fé.*
⇋ *Você tem de vir imediatamente.*

Ele se levanta, como um amante correspondido, como um noivo no dia do casamento. Abre a boca e o que quase se derrama é uma amarga recusa: não.
— Sim — diz para os arautos. *Sim. Eu vou.*

ORIENTE, OCIDENTE

A HARMONIA DAS ESFERAS

Na época do Jubileu, o escritor Eliot Crane, que vinha sofrendo do que ele chamava de "distúrbios mentais" de esquizofrenia paranoica, almoçou com a mulher, uma jovem fotojornalista chamada Lucy Evans, na cidade galesa de R., onde ela trabalhava no jornal local. Ele parecia animado, e disse para ela que estava se sentindo bem mas cansado, e que iria para a cama cedo. Como era a noite de plantão no jornal, Lucy chegou tarde ao chalé encravado na encosta de uma colina; quando ela subiu para o andar de cima, Eliot não estava no quarto. Supondo que estava dormindo no quarto de hóspedes, e portanto não iria incomodá-lo, ela foi dormir.

Uma hora mais tarde Lucy acordou com uma premonição de desgraça e, sem se vestir, foi até a porta do quarto de hóspedes; a qual, respirando fundo, abriu. Meio segundo depois, voltou a fechá-la batendo com força, e caiu pesadamente no chão. Ele estava doente havia mais de dois anos, e ela só podia pensar: *acabou*. Quando começou a tremer, voltou para o quarto e dormiu a sono solto até de manhã.

Ele enfiara na boca o cano da espingarda e puxara o gatilho. A arma pertencera ao pai, que a usara para o mesmo propósito. A única nota de suicida que Eliot deixou antes de perpetrar esse ato derradeiro de simetria macabra foi um minucioso relato de como limpar e conservar a espingarda. Ele e Lucy não tinham filhos. Ele tinha trinta e dois anos de idade.

Uma semana antes, nós três subimos numa colina onde há uma torre de guia, na fronteira com a Inglaterra, para ver as fogueiras do Jubileu florescendo ao longo da espinha do país, engrinaldando a escuridão.

— *Bonfire* não significa "fogo bom" — disse Eliot —, embora admito que haja um elemento disso na palavra. Originalmente era uma fogueira feita de ossos: os ossos de animais mortos mas também, fii fi fo fum, de restos humanos, os esqueletos carbonizados, meus queridos, de *ceres umanos*.

Ele tinha cabelos ruivos revoltos, uma risada parecida com o pio de um mocho e era tão magro quanto uma vassoura de bruxa. No luminoso teatro de sombras das labaredas, nós todos parecíamos insanos, e assim era mais fácil não fazer caso de suas bochechas chupadas, das torções de pantomima de suas sobrancelhas, do brilho de marujo maluco nos olhos. Ficamos perto das labaredas e Eliot contou terríveis histórias dos sabás locais, nos quais feiticeiros de mantos, que bebem urina, invocavam demônios do Inferno. Bebíamos *brandy* de sua garrafa de bolso e nos contraíamos a cada sugestão. Mas ele conheceu um demônio uma vez, e desde esse dia ele e Lucy viviam fugindo. Tinham vendido a casa assombrada, uma casa minúscula em Portugal Place, Cambridge, e mudado para o desolado, fedendo a carneiro, chalé galês ao qual denominaram (com mórbido humor) de Crowley End.

Não adiantou. Enquanto as histórias de fantasmas de Eliot nos faziam emitir gritos agudos, sabíamos que o demônio tinha descoberto o número da placa de seu carro, que ele poderia ligar a qualquer momento para seu telefone que não consta da lista; que ele tornou a descobrir seu endereço.

— É melhor você vir — Lucy telefonou para dizer. — Descobriram-no dirigindo na contramão na estrada, a noventa por hora, com uma daquelas máscaras de dormir nos olhos. — Ela desistira de muita coisa por ele, deixando o emprego num jornal dominical londrino e indo para uma gazeta de interior, porque ele estava louco, e ela precisava estar por perto.

— Ele me aprova agora? — perguntei. Eliot tinha elaborado uma teoria de conspiração segundo a qual muitos de seus amigos se revelaram agentes de potências hostis, tanto terrestres quanto extraterrestres. Eu era um invasor de Marte, um de tantos desses seres perigosos que entraram às escondidas na Grã-Bretanha quando determinadas formas essenciais de vigilância foram relaxadas. Marcianos tinham um grande talento para o mimetismo, de modo que podiam enganar os ceres umanos e levá-los a crer que eles eram ceres da mesma espécie, e, claro, se procriavam como moscas-das--frutas num cacho de bananas podres.

Por mais de um ano, durante minha fase marciana, não pude fazer visitas. Lucy telefonava com boletins; os remédios estavam fazendo efeito, os remédios não estavam fazendo efeito porque ele se recusava a tomá-los regularmente, ele parecia melhor desde que não tentasse escrever, ele parecia pior porque não escrever o lançava em depressões muito profundas, ele estava passivo e inerte, ele estava encolerizado e violento, ele estava tomado por culpa e desespero.

Eu me sentia inútil; como qualquer um se sentiria.

Ficamos amigos no último ano em Cambridge, enquanto eu estava envolvido num exaustivo caso amoroso que não atava nem desatava com uma graduanda chamada Laura. Ela fazia tese sobre James Joyce e o *nouveau roman* francês, e para agradá-la enfrentei duas vezes *Finnegans wake*, e grande parte de Sarraute, Butor e Robe-Grillet também. Uma noite, acometido de romantismo, trepei no lado de fora da janela do apartamento dela em Chesterton Road, equilibrei-me precariamente no peitoril e me recusei a voltar para dentro enquanto ela não aceitasse casar comigo. Na manhã seguinte, ela ligou para a mãe para dar a notícia. Depois de um longo silêncio, a mãe disse:

— Tenho certeza de que é um bom rapaz, querida, mas você não consegue encontrar alguém, você sabe, do seu tipo?

Laura se sentiu humilhada com a pergunta.

— O que a senhora quer dizer com "do meu tipo"? — gritou de volta ao telefone. — Um especialista em Joyce? Uma pessoa de um metro e sessenta de altura? Uma mulher?

Naquele verão, porém, ela ficou de fogo num casamento, arrebatou os copos na minha frente e os partiu em dois, pegou a faca de cortar o bolo, para a consternação do noivo e da noiva, e me disse que se alguma vez eu voltasse a chegar perto dela ela iria me cortar em fatias e me servir em festas. Afastei-me dela cambaleante, miopemente, e mais ou menos caí sobre outra mulher, uma alienígena compatriota de olhos cinzentos com óculos de vovó chamada Mala, que, olhando-me na cara, ofereceu-se para me levar para casa, "já que sua capacidade ótica está no momento reduzida". Só fui descobrir depois que nos casamos que a séria e serena Mala, que a solitária Mala da ilha Maurício, que não fumava, não bebia, que era vegetariana e não tomava drogas, a estudante de medicina com sorriso de Mona Lisa, tinha sido propelida na minha direção por Eliot Crane.

— Ele gostaria de ver você — disse Lucy ao telefone. — Ele parece menos preocupado com marcianos agora.

Eliot estava sentado ao lado de uma lareira aberta com uma manta vermelha cobrindo os joelhos.

— Ooi! O carinha maligno do espaço! — ele gritou, com um sorriso amplo e erguendo os braços sobre a cabeça, meio que saudando, meio que fingindo rendição. — Vai se sentar, seu velho *bach* olhudo, e tomar um copo antes de vir com suas maldades para cima de nós?

Lucy nos deixou sozinhos e ele falou sobriamente e com

aparente objetividade acerca da esquizofrenia. Era difícil acreditar que tinha acabado de dirigir com olhos vendados na contramão da estrada. Quando veio o acesso de loucura, ele explicou, ele estava "ladrando", e capaz do mais bárbaro dos excessos. Mas, nos intervalos dos acessos, estava "perfeitamente normal". Disse que finalmente viera a perceber que não havia estigma em aceitar a loucura: era uma doença como qualquer outra, *voilà tout*.

— Estou a caminho da melhora — disse ele, com segurança. — Retomei o trabalho, o livro de Owen Glendower. Está tudo bem com o trabalho, desde que eu evite o ocultismo. — (Ele era o autor de um erudito estudo em dois volumes sobre grupos ocultistas públicos e secretos na Europa dos séculos XIX e XX, intitulado *A harmonia das esferas*.)

Abaixou o tom de voz.

— Cá entre nós, Khan, também estou trabalhando numa cura simples da esquizofrenia paranoica. Estou me correspondendo com os melhores homens deste país. Você não tem ideia de como estão impressionados. Eles concordam que atingi algo absolutamente novo, e é só uma questão de tempo para chegarmos aos resultados.

Senti-me triste de repente.

— Fique atento para Lucy, aliás — ele sussurrou. — Ela mente como uma prostituta. E está sempre me escutando, sabia? Deram-lhe as máquinas mais avançadas. Há microfones na geladeira. Ela os esconde na manteiga.

Eliot apresentou-me a Lucy numa casa de *kebab* em Charlotte Street em 1971, e, embora não a tivesse visto por dez anos, reconheci imediatamente que nos beijamos na praia em Juhu, quando eu tinha catorze anos e ela doze; e que estava ansioso para repetir a experiência. Senhorita Lucy Evans, cabelo cor de mel, a precoce filha do patrão na famosa Companhia Bombaim. Ela não mencionou os beijos; achei que provavelmente os tivesse esquecido, e nada disse também. Mas então começou a falar sobre nossas corridas de camelo na praia de Juhu, de água de coco fresco direto do coqueiro. Não tinha esquecido.

Lucy era a orgulhosa proprietária de um pequeno cruzador com camarote, uma antiga embarcação que antes fora uma chalupa naval. Suas duas extremidades eram pontiagudas, tinha uma cabine adaptada no meio e um motor Thorneycroft Handybilly de improvável antiguidade que não reagia aos elogios de ninguém exceto os dela. Estivera em Dunkirk. Ela lhe deu o nome de *Buganvília* em memória de sua infância em Bombaim.

Reuni-me várias vezes com Eliot e Lucy a bordo do *Buganvília*, a primeira vez com Mala, mas posteriormente sem ela. Mala, hoje dra. Mala, dra. (sra.) Khan, nada menos, a Mona Lisa do Centro Médico de Harrow Road, foi rejeitada por aquela vida boêmia na qual passávamos sem banhos e urinávamos sobre as bordas e à noite nos espremíamos para ficar quentinhos, fechados em nosso saco de dormir acolchoado. "Para mim, higiene e conforto são a primeira prioridade", dizia Mala. "Esqueça os sacos de dormir. Ficarei em casa com meu Dunlopillo e meu WC."

Há uma viagem que fizemos para Trent e o canal de Mersey, subindo até Middlewich, depois seguindo para oeste até Nantwich, descendo em direção ao Sul pelo canal Shropshire Union, e ao Oeste de novo até Llangollen. Lucy como capitã era intensamente desejável, revelando grande força física e uma espécie de autoridade e domínio que eu achava bem excitante. Nessa viagem passamos duas noites sozinhos, porque Eliot teve que voltar a Cambridge para assistir a uma conferência de um "homem máximo da Áustria" sobre o tema dos nazistas e o oculto. Despedimo-nos dele na estação de Crewe e depois fizemos uma péssima refeição num restaurante pretensioso. Lucy insistiu em pedir uma garrafa de vinho rosé. A garçonete se entesou toda com desdém. "A expressão francesa para o tinto, madame", ela vociferou, "é *rouge*."

Fosse lá o que fosse, bebemos demais. Mais tarde, a bordo do *Buganvília*, fechamos juntos nossos sacos de dormir e retornamos à praia de Juhu. Mas num determinado momento ela me beijou na bochecha e murmurou: "Maluquice, amor", e virou-se, dando as costas para um passado demasiado distante. Pensei em Mala, meu não demasiado distante presente, e corei culposamente no negrume.

No dia seguinte, nenhum de nós mencionou o que quase aconteceu. O *Buganvília* chegou a um túnel de mão única na hora errada; mas Lucy não estava disposta a esperar três horas por seu direito de navegar na mão certa. Ordenou-me que fosse adiante com um farolete ao longo do estreito caminho de sirga dentro do túnel, enquanto trazia o barco atrás de mim de rastejo. Eu não tinha a menor ideia do que ela faria caso encontrássemos alguém vindo na nossa direção, mas minha jornada ao longo do escorregadio e irregular caminho exigia toda a minha atenção, e, de qualquer forma, eu era apenas a tripulação.

Tivemos sorte; saímos na luz do dia. Eu estava usando um suéter branco de críquete que agora estava vermelho-vivo, manchado indelevelmente de barro das paredes do túnel. Havia barro nos meus sapatos, no meu cabelo e no meu rosto. Quando limpei minha testa suada, um fragmento de barro caiu dentro do meu olho.

Lucy berrou em triunfo com nosso êxito ilegal. "Até que enfim você infringiu a lei, maravilhoso", ela gritou. (Quando jovem, em Bombaim, eu era conhecido por ser bom.) "Está vendo? O crime compensa, afinal de contas."

Maluquice. Amor. Lembrei-me do rosé e do túnel quando soube a respeito da travessura de alta velocidade de Eliot. Nossas aventuras a bordo do *Buganvília*, de noite e de dia, foram perigosas à maneira delas. Abraços proibidos e uma jornada na contramão na escuridão. Mas não naufragamos, e ele não morreu. Pura sorte. Acho.

Por que perdemos a cabeça?

"Um simples desequilíbrio bioquímico", era a visão de Eliot. Ele insistiu em voltar da fogueira do Jubileu para casa dirigindo, e, à medida que acelerava em ângulos fechados nas estreitas estradas sem luz, vários bioquímicos também correram, desequilibrados, por minhas veias. Depois, sem avisar, ele freou bruscamente e parou. Era uma noite clara de luar. Na encosta a nossa direita carneiros dormiam e havia um pequeno cemitério protegido por cerca.

— Quero ser enterrado aqui — ele anunciou.

— Nada disso — respondi do banco de trás. — Primeiro tem que morrer, sabe como é?

— Não — disse Lucy. — Não ponha coisa na cabeça dele.

Estávamos provocando-o para dissimular o estremecimento interior, mas Eliot sabia que tínhamos registrado a informação. Ele assentiu com a cabeça, satisfeito; e acelerou.

— Se você nos liquidar — ofeguei —, quem se lembrará de você quando tiver partido?

Quando chegamos a Crowley End, ele foi direto para a cama sem dizer uma palavra. Lucy foi espiá-lo pouco depois e contou que ele adormecera completamente vestido, e sorrindo.

— Vamos encher a cara — ela sugeriu radiante.

Ela se estirou no chão em frente à lareira.

— Às vezes acho que tudo teria sido bem mais fácil se não tivesse me virado — ela disse. — Quero dizer, no barco.

Eliot topou com seu demônio pela primeira vez quando estava terminando *A harmonia das esferas*. Tinha discutido com Lucy, que se mudou da casa de boneca de Portugal Place. (Ao voltar para ele, ela descobriu que, na sua ausência, ele não tocara em uma só garrafa de leite. Uma enorme quantidade de garrafas estava na cozinha, uma para cada dia em que Lucy e Eliot ficaram separados: como se fossem sete denúncias.)

Uma vez ele acordou às três da madrugada, convencido de que no andar de baixo havia a presença de algo absolutamente maligno. (Lembrei-me desta premonição quando Lucy me contou de como despertou em Crowley End, certa de que ele estava morto.)

Ele pegou o facão militar suíço e desceu, totalmente despido (como Lucy, por sua vez, estaria nua), para investigar. A energia elétrica tinha acabado. À medida que se aproximou da cozinha, ele se sentiu articamente gelado e constatou que estava tendo uma ereção. Então todas as luzes enlouqueceram, acendendo-se e apagando-se, e ele fez o sinal da cruz com os braços e gritou: *"Apage me, Satanás"*. Vade retro, Satanás.

— Nisso tudo voltou ao normal — ele me contou. — E lá embaixo, claro.

— Na verdade você não viu nada — eu disse, ligeiramente decepcionado. — Nada de chifres, ou de demônios.

Eliot não era o hiper-racionalista que dizia ser. Sua imersão nas artes negras era mais do que meramente de estudioso. Mas, por causa de sua habilidade, eu aceitava a apreciação que fazia de si mesmo.

— Só mente aberta — ele disse. — Mais coisas no céu e na terra, Horácio, e assim por diante. — Ele fazia parecer perfeitamente racional vender uma casa assombrada com rapidez, mesmo perder dinheiro no negócio.

Éramos os amigos mais improváveis. Eu gostava de clima quente, ele preferia o céu cinzento e a umidade. Eu tinha um bigode de Zapata e um cabelo que batia nos ombros, ele usava tweed e veludo cotelê. Eu estava metido com teatro alternativo, relações raciais e protestos antiguerra. Ele passava os fins de semana no circuito casa de campo, caçando animais e pássaros. "Nada melhor para animar um sujeito", dizia, me incentivando. "Explodir a vida dos amigos de pele e penas, dar a contribuição para a cadeia de alimentos. Maravilhoso." Ele deu uma festa um dia depois de o trabalhista Edward Heath ter ganho as eleições de 1970 — *Merceeiro vira marceneiro*, declarou um jornal — e a minha era a única cara fechada.

Sabe-se lá o que faz de pessoas amigos. Algo na maneira como se movimentam. A maneira como cantam fora de tom.

Mas no caso de mim e Eliot, não sei, não, mesmo. Foi aquela velha magia negra. Não amor, não chocolate: as Artes Ocultas. Se sinto ser impossível abandonar a lembrança de Eliot é talvez porque sei que os sedutores arcanos que levaram Eliot Crane à loucura quase me fascinaram também.

Pentagramas, iluminações, Maharishi, Gandalf: necromancia fazia parte do *zeitgeist*, da linguagem particular da contracultura. Com Eliot aprendi os segredos da Grande Pirâmide, os mistérios da Seção Dourada e das complexidades da Espiral. Ele me falou da teoria de Mesmer sobre o Magnetismo Animal (*Uma influência responsiva existe entre os corpos celestes, a terra e todos os corpos animados. Um fluido universalmente difuso, incomparavelmente sutil, é o veículo desta influência. Ele está sujeito às leis mecânicas com as quais ainda não estamos familiarizados*) e os Quatros Transes do espiritualismo japonês: *Muchu*, ou seja, êxtase e arrebatamento; *Shissi, Konsui-Jotai*, ou coma; *Saimin-Jotai*, um estado hipnótico; e *Mugen no Kyo*, no qual a alma pode abandonar o corpo e vagar no Mundo do Mistério. Por intermédio de Eliot conheci homens notáveis, ou pelo menos suas mentes: G. I. Gurdjieff, autor de *Histórias de Belzebu* e guru de, entre outros, Aldous Huxley, Katherine Mansfield e J. B. Priestley; e Raja Rammohun Roy e seu Brahmo Samaj, aquela corajosa tentativa de fazer uma síntese dos pensamentos indiano e inglês.

Sob a informal tutelagem de meu amigo, estudei numerologia e quiromancia e memorizei uma palavra de força mágica para o voo. Aprendi os versos que conjuram o Diabo, *Shaitan*, e como traçar a forma que manteria confinada a Besta 666.

Nunca tive muito tempo para gurus lá na minha terra, de onde vem a palavra, mas isso é o que Eliot era, confesso corando. Um professor místico em tradução inglesa; diga *g'roo*.

Leitor: não passei no curso. Nunca experimentei *Muchu* (muito menos *Mugen no Kyo*), nunca ousei dizer as palavras de invocação do Inferno, ou saltei de um penhasco, como alguns aprendizes de *brujo* dos *yaquí*, para voar.

Sobrevivi.

Eliot e eu praticávamos colocar um ao outro sob hipnose. Certa vez ele implantou a sugestão pós-hipnótica de que, se ele algum dia dissesse a palavra *bananas*, eu teria que tirar imediatamente toda a minha roupa. Naquela noite, na pista de dança do clube Dingwall com Mala e Lucy, ele sussurrou sua deliciosa malícia em meu ouvido. Retumbantes, ondas indutoras de sono começaram a rolar pesadamente sobre mim e, mesmo que tentasse lutar contra elas com firmeza, minhas mãos começaram a me despir. Quando se puseram a abrir o zíper de meu jeans, fomos postos para fora.

— Vocês, hein, rapazes? — disse Mala com desaprovação enquanto eu me vestia junto do canal, imprecando em voz alta e prometendo vinganças terríveis. — Talvez vocês devessem ir juntos para a cama e todos nós poderemos ir para casa e descansar um pouco.

Foi assim? Não. Talvez. Não. Não sei. *Não*.

Que imagem: um duplo retrato de autoimpostores. Eliot, o ocultista, passando por acadêmico, comigo, mais prosaicamente, talvez, semiperdido no amor oculto.

Foi assim?

Quando conheci Eliot eu mesmo era um tanto perturbado — sofrendo de uma desarmonia de minhas esferas pessoais. Havia o episódio de Laura e, além dele, inúmeras questões difíceis sobre lar e identidade que eu não tinha a menor ideia de como responder. O instinto de Eliot a respeito de Mala e de mim era uma resposta pela qual eu estava agradecido. Casa, como o Inferno, revelou-se ser os outros. Para mim, revelou-se ser ela.

Não marciana, mas mauriciana. Era uma criança da nova geração de trabalhadores contratados trazidos da Índia depois do êxodo de negros que se seguiu ao fim da escravidão. Em casa — casa era uma pequena aldeia no Norte de Port-Louis, o edifício mais alto um pequeno templo branco de Vishnu — ela e a família falavam uma versão do dialeto indiano *bojipuri*, tão criolizado ao longo de anos que era praticamente incompreensível para os indianos não mauricianos. Mala nunca tinha ido à Índia, e meu nascimento, minha infância e minhas ligações ininterruptas com o lugar me fizeram, aos olhos dela, ridiculamente encantador, como um visitante oriundo de Xanadu. *Pois ele de rocio de mel se alimentou,/ E do leite do Paraíso bebeu.*

Mesmo que ela estivesse, nas palavras dela, "do lado da ciência", tinha interesse em escrever, e gostava do fato de que eu tentava ser escritor. Orgulhava-se do "Romeu e Julieta de Maurício", como chamava *Paul et Virginie*, de Bernardin de St. Pierre; e insistia que eu o lesse. "Talvez influencie", ela disse, cheia de esperança.

Tinha um distanciamento e uma natureza prática de médica e, como todas as pessoas "do lado das artes", eu lhe invejava o conhecimento que tinha do interior dos seres humanos. O que eu imaginava acerca da natureza humana ela dava a impressão de conhecer. Não era falante, mas senti que nela tinha encontrado meu ancoradouro. E as quentes e escuras marés do oceano Índico subiam toda noite por suas veias.

O que a irritava, aparentemente, era Eliot, e minha proximidade com ele. Assim que se estabeleceu como minha mulher — passamos a lua de mel em Veneza —, sua inquietação provocou o que era, para ela, um grande discurso.

— Todo aquele palavrório sem sentido — bufou, cheia do desdém científico pelo Irracional. — Tão falso, pelo amor de Deus! Escute: ele te procura demais, faz mal para você. O que é que ele é? Não passa de um inglês de cuca fundida. Entende minhas intenções, *sahib* escritor? Quero dizer, obrigado pela introdução etc., mas agora você devia largar mão dele, como um tijolo.

— Galês — eu disse, bastante surpreso. — Ele é galês.

— Não importa — falou ríspida a dra. (sra.) Khan. — A diagnose ainda se aplica.

Mas eu achava que no imenso e generosamente compartilhado depósito mental de variedades de "conhecimento proibido" de Eliot iria encontrar outra forma de erguer uma ponte entre o aqui e o acolá, entre minhas duas alteridades, meu duplo não pertencer. Naquele mundo de mágica e de poder, parecia existir a espécie de fusão de visões de mundo, europeia ameríndia oriental levantina, nas quais eu desesperadamente queria acreditar.

Com a ajuda dele, eu esperava, poderia criar um "eu proibido". O mundo aparente, todo cinismo e napalm, parecia inteiramente desprovido de bondade ou de sabedoria. O reino secreto, no qual sufis caminhavam com Adeptos e grandes segredos podiam ser vislumbrados, me mostraria como ser sábio. Ele me conferira — palavra favorita de Eliot, esta — harmonia.

Mala estava certa. Ele não era capaz de ajudar quem quer que fosse, o pobre estudioso; sequer salvar a si mesmo. No fim seus demônios vieram buscá-lo, seu Gurdjieff, seu Ouspensky, seu Crowley e sua Blavatsky, seu Dunsany e seu Lovecraft, há muito tempo. Abarrotaram a encosta da colina galesa, impedindo a presença das ovelhas, e fecharam o cerco em sua mente.

Harmonia? Nunca se ouviu uma bulha como o tumulto na cabeça de Eliot. As canções dos anjos de Swedenborg, os hinos, os mantras, os sobretons dos cantos tibetanos. Que mente humana poderia ter se defendido contra uma tal babel, na qual teosofistas discutiam com confucianos, cientistas cristãos com rosacrucianistas? Aqui estavam devotos louvando a chegada do senhor Maitreya; ali bruxos sanguessugas rogando pragas. E eis que chegaram os quatro milenários gritando o Julgamento; e, veja, Hitler ergueu-se brandindo sua cruz gamada, à qual, em sua ignorância ou malignidade, deu o nome do símbolo do bem: *swastika*.

Na multidão que sediava o homem doente de Crowley End até mesmo meu favorito pessoal, Raja Rammohun Roy, era apenas outra voz na algaravia cacodemoníaca.

Bangue!
E, finalmente, silêncio. Requiescat in pace.

Quando voltei a Gales, o irmão de Lucy, Bill, tinha chamado a polícia e os agentes funerários, e passado heroicas horas no quarto de visitas limpando das paredes o sangue e o cérebro. Lucy bebericava gim na cozinha, vestida com uma leve túnica de verão, com ar terrivelmente sereno.

— Você examinaria os livros e os papéis dele? — ela me pediu, soando doce e distante. — Não posso. Esse trabalho sobre Glendower deve estar bem avançado. Alguém poderia lhe dar forma.

Tomou-me a melhor parte de uma semana, aquela triste escavação da mente não publicada de meu amigo morto. Senti uma página sendo virada; eu mal acabara de começar a ser escritor, e Eliot acabara de parar de ser um. Embora, na verdade, como descobri, tivesse parado de ser um anos atrás. Não havia sinal de um manuscrito sobre Glendower, ou de qualquer trabalho sério. Havia apenas delírios.

Bill Evans tinha enchido três caixas de chá com papéis datilografados e rascunhados por Eliot. Naquelas caixas de delírio encontrei centenas de páginas de obscenidades líricas e sem destinatário certo e incompletos discursos bombásticos contra o universo em geral. Havia dezenas de cadernos de apontamentos nos quais Eliot imaginara futuros pessoais alternativos de distinção e renome extraordinários, ou, alternativamente, versões autocompassivas de uma vida de gênio na obscuridade terminando com doenças dolorosas ou assassinato por rivais invejosos; após o quê, inevitavelmente, vinha o reconhecimento de um mundo cheio de remorsos pela grandeza que ignorara. Essas resmas eram pesarosas.

Mais difícil ainda de ler eram suas fantasias sobre nós, seus amigos. Havia dois tipos delas: impregnadas de ódio e pornográficas. Havia várias críticas virulentas a mim, e páginas de sexo vaporoso envolvendo minha mulher Mala, "encontrada", sem dúvida para maximizar o efeito autoerótico, nos dias imediatamente posteriores a nosso casamento. E, claro, em outras épocas. As páginas sobre Lucy eram tanto sórdidas quanto lascivas. Vasculhei as caixas de chá em vão em busca de uma observação carinhosa. Era difícil acreditar que um homem tão apaixonado e impulsivo não tivesse nada de bom para dizer sobre a vida na terra. Contudo, foi assim.

Não mostrei nada para Lucy, mas ela viu tudo no meu rosto.

— Não era realmente ele escrevendo — consolou-me mecanicamente. — Estava doente.

E eu sei o que o tornou doente, pensei; e prometi em silêncio continuar bem. Desde então não houve qualquer comunicação entre o mundo espiritual e o meu. O "fluido influente" de Mesmer se evaporou para sempre enquanto eu mergulhava nas pútridas caixas de chá da imundície insana de meu amigo.

Eliot foi enterrado de acordo com seu desejo. O modo como ele morreu criou algumas dificuldades quanto ao uso do terreno sagrado, mas a fúria de Lucy persuadiu o clero local a fechar os olhos.

Entre os enlutados estava um deputado conservador que estudara com Eliot.

— Pobre Elly — disse aquele homem em voz alta. — Costumávamos perguntar: "O que é que vai ser de Elly Crane?". E eu respondia: *"Ele provavelmente irá fazer algo mais ou menos decente com sua vida, se não se matar antes"*.

Esse cavalheiro é atualmente ministro de Gabinete, e recebe proteção do Special Branch. Não creio que saiba quão perto esteve de precisar de proteção (contra mim) numa ensolarada manhã em Gales há muito tempo.

Mas seu epitáfio é o único de que me lembro.

No momento de partirmos, Lucy me estendeu a mão para apertar. Não voltamos a nos ver. Soube que se casou de novo rápida e melancolicamente e foi morar no Oeste norte-americano.

De volta a meu lar, descobri que precisava falar por um longo tempo. Mala se sentou e escutou solidariamente. No fim lhe contei sobre as caixas de chá.

— Você o exercitou, não precisa me lembrar disso — gritei. — Você o conhecia por dentro. Imagine! Era tão doente, tão louco, que fantasiou todos aqueles frenéticos encontros de último tango com você. Por exemplo, logo depois que voltamos de Veneza. Por exemplo, naqueles dias que passei sozinho com Lucy no *Buganvília*, e ele disse que tinha que ir para Cambridge para uma conferência.

Mala se levantou e me deu as costas, e antes que falasse adivinhei a resposta, sentindo-a explodir em meu peito com um rouquenho e insuportável estrépito, um som que lembrava o choque de toras ou gelos se separando na fôrma. Sim, ela havia me alertado contra Eliot Crane, tinha me alertado com a amarga paixão de sua censura a ele; e eu, surpreso com a censura, não ouvi o alerta real, não entendi o que ela queria dizer com a paixão de sua voz. *Aquela cuca fundida. Ele faz mal para você.*

Eis pois: o colapso da harmonia, a demolição das esferas do meu coração.

— Não eram fantasias — ela disse.

TCHEKHOV E ZULU

1

No dia 4 de novembro de 1984, Zulu desapareceu em Birmingham, e a India House enviou seu velho amigo de escola, Tchekhov, a Wembley para ver a mulher.

— *Adaabarz*, senhora Zulu. Posso entrar?

— Claro, entre *sahib* sub, por que essa formalidade?

— Desculpe incomodá-la num domingo, senhora Zulu, mas seu marido Zulu não entrou em contato de manhã?

— Comigo? Desde quando ele me contata em viagem oficial? Por que me telefonar quando está provavelmente se divertindo?

— Opa, questão delicada, me desculpe. Sempre fui desse tipo desastrado de dar fora.

— Pelo menos se sente, tome um chá.

— A casa está bem ajeitada, senhora Zulu, se está. Decoração de bom gosto, essas espadas de baralho, devo dizer. Tanto vidro lapidado! Aquele safado do Zulu deve estar ganhando muito dinheiro, mais do que seu fiel e esperto cão.

— Não, como é que pode? O *tankha* do subinterino deve estar fazendo mais do que os deveres do chefe de segurança.

— Não é desconfiança, não. Só quero dizer que a senhora sabe tirar vantagem de uma boa pechincha.

— Tá tendo algum problema, se está, não?

— Como disse?

— *Arré*, Jaisingh! Onde é que você andou dormindo? O *sahib* subinterino está morrendo de vontade de tomar o chá. E biscoitos e *jalebis*, não consegue se lembrar de duas coisas ao mesmo tempo? Corre, já, a visita está esperando.

— Por favor, senhora Zulu, não tem por que se preocupar.

— Não é preocupação, não, seu sub, só que este camarada ficou preguiçoso desde que voltou da casa dele. Dias de folga, TV no quarto, até pagamento em libras esterlinas, tudo ele quer. Cuidamos dele até hoje mas nada de agradecimento, é o que lhe digo, n-n-n-ada.

— Ô, Jaisingh; por que não? Excelente *jalebi*, senhora Z. Brigado.

Agrupada em cima do aparelho de televisão e nos módulos de estante ao redor está a coleção de memorabília de *Jornada nas estrelas* do homem sumido: bonecos do capitão Kirk e do dr. Spock, modelos de aeronaves — uma Ave de Rapina de Klingon, uma nave de Romulan, uma estação espacial e, claro, a nave-mãe *Enterprise*. Em lugar de honra estavam figurinos em tamanho grande de dois atores secundários da série.

— Esses velhos apelidos da Doon School — exclamou Tchekhov com entusiasmo. — Eles pegam como disco emperrado na vitrola. Dumpy, Stumpy, Grumpy, Humpy. Tomam o lugar do nome da gente. Como em nosso caso nossos pseudônimos de intrépidos cosmonautas.

— Não gosto. Deste "senhora Zulu" que me puseram! Soa como olho roxo.

— Use o nome com orgulho, *begume sahib*. Somos velhos companheiros de armas, seu marido e eu; desde os tempos de garotos, ou talvez ele fosse bom demais para mencionar? Intrépidos diplonautas. Nossa missão de muitos anos explorar novos mundos e novas civilizações. Veja lá, nossos alter egos na sua TV, o Russky e o Chink de aspecto asiático. Não os líderes, como a senhora haverá de perceber, mas os supremos criados profissionais. "Curso preparado!" "Frequências abertas!" "Fator *warp* três!" O que aquele empertigado capitão teria sido sem o pessoal de primeira? A mesma coisa com a boa tripulação de língua hindustâni. Também somos criados, entende, assim como este seu impetuoso Jaisingh.

Nunca mais importante do que num momento com o atual de lamentável crise, quando uma nave deve ser mantida em equilíbrio, *jalebis* devem ser servidos e o chá oferecido, não importa o quê. Não conduzimos, mas viabilizamos. Sem nós, nenhum curso pode ser preparado, nenhuma frequência pode ser aberta. Não há fator *warp*.

— Então ele está em dificuldades, o seu Zulu? Como se já não fosse bastante ruim, este momento terrível.

Na parede atrás da TV estava uma fotografia emoldurada de Indira Gandhi, com uma grinalda de flores em torno dela. Ela morreu na quarta-feira. Imagens de sua cremação foram mostradas na TV durante horas. As pétalas de flores, as chamas fulgurantes e insuportáveis.

— Difícil acreditar. Indira! A gente fica sem palavras. Ela era nossa mãe. Ceifada no vigor da vida.

— E no rádio e na TV chegam umas notícias de Nova Delhi sobre o que está acontecendo. Tantas mortes, *sahib* sub. Tantos de nossos decentes sikhs assassinados, como se todos nós fôssemos culpados pelos crimes de um ou dois guardas malvados.

— Sempre se pensou que a comunidade sikh é leal à nação — refletiu Tchekhov. — Espinha dorsal do Exército, para não falar nada do serviço de táxi de Nova Delhi. Supercidadãos, a gente pode dizer, aparentemente unidos à ideia nacional. Mas essas ideias estão sendo questionadas agora, a senhora tem que admitir; há os que apontam para o pente, para o bracelete, para a adaga etc. como sinais do inimigo dentro do país.

— Quem se atreveria a dizer uma coisa dessa a nosso respeito? Uma coisa tão maldosa.

— Eu sei. Eu sei. Mas veja o Zulu. O mais intrigante é que ele não está numa viagem oficial de negócios, que a gente saiba. Ele sumiu do mapa, *begume sahib*. Ausente sem licença desde o assassinato. Nenhum contato por mais de dois dias.

— Oh, meu Deus.

— No quartel-general já se começa a pensar que ele tinha alguma associação com a gangue. A qual, provavelmente, há muito tempo estabeleceu ligações com a comunidade daqui.

— Oh, meu Deus.

— Naturalmente estou me opondo vigorosamente aos que oferecem esta visão. Mas a ausência dele é condenadora, compreende? Não tememos esses agentes khalistanos desprezíveis. Mas eles tendem a ser implacáveis. E com as informações secretas e o passado de segurança de Zulu... Eles ameaçaram realizar novos ataques, como a senhora sabe. Como a senhora deve saber. Como alguns diriam, a senhora deve saber muito bem.

— Oh, meu Deus.

— É possível — disse Tchekhov, mastigando seu *jalebi* — que Zulu tenha corajosamente ido aonde nenhum diplonauta indiano foi antes.

A mulher chorava.

— Mesmo o estúpido nome você nunca acertou. Era com S. "Sulu". Tan-tantos episódios fui obrigada a ver, pensa que não sei? Kirk Spock McCoy Scott Uhura Tchekhov *Sulu*.

— Mas Zulu é um nome melhor para o que alguns afirmariam ser um homem indômito — disse Tchekhov. — Para um selvagem suspeito. Para um traidor putativo. Obrigado pelo excelente chá.

2

Em agosto, Zulu, um gigante tímido e corpulento, encontrou Tchekhov saindo do avião vindo de Nova Delhi. Tchekhov, aos trinta e três anos de idade, era um pequeno, magro e guapo homem que usava calças de flanela cinza, camisa de colarinho engomado e um blazer azul-marinho trespassado com botões de metal. Tinha sobrancelhas como asas de morcego e uma queixada proeminente e pugnaz, de modo que suas entonações de homem culto e sua habitual voz macia vieram assim como que uma surpresa, desarmando aqueles que eram levados pelas sobrancelhas e pela queixada a esperar uma personalidade mais agressiva. Ele era um ambicioso, com uma pequena embaixada já no currículo. O emprego de número dois interino em Londres, embora estritamente temporário, era sua mais recente parte do leão.

— Olha só, Zools! Anos, *yaar*, anos — disse Tchekhov, batendo a palma da mão no peito do outro homem. — Mas então — acrescentou —, vejo que você virou um duende cabeludo. — O jovem Zulu era um sikh moderno em matéria de cabelo, ostentando um bigode bem cuidado aos dezoito, mas imberbe, com um corte de cabelo em vez da longa cabeleira enrolada debaixo de um turbante. Agora, porém, ele voltara a adotar a tradição.

— Olá — saudou-o Zulu cautelosamente. — Então tudo bem utilizar os antigos modos de comunicação?

— Nada de utilizar! Não vai ouvir outra coisa — disse Tchekhov, passando para Zulu suas malas e as etiquetas de bagagem. — Espírito da *Enterprise* e toda aquela animação.

Em sua vida pública o mais urbano dos homens, Tchekhov, quando na privacidade, soltava o cabelo, gostava de sentir um calor intercultural no pescoço. Logo depois de assumir o novo cargo, ele se sentou com Zulu numa hora de almoço num banco de Embankment Gardens e movia a cabeça na direção de várias pessoas que passavam.

— Escroques — disse, *sotto voce*.

— Cadê? — gritou Zulu, saltando atleticamente e pondo-se de pé. — Devo persegui-lo?

Cabeças se viravam. Tchekhov agarrou a bainha do paletó de Zulu e o puxou de volta para o banco.

— Não dê uma de herói — repreendeu carinhosamente. — Me referia a todos, de modo geral; ladrões, cada um deles. Puxa, como gosto de Londres! Teatro, balé, ópera, restaurantes! O Pavilhão de Lord's no sábado do internacional de críquete! Os patos reais no lago real do real St. James's Park! Alfaiates decentes, um decente grill misto quando se quer, decentes revistas para ler! Vejo os restos da grandeza e não me envergonha lhe dizer que estou impressionado. O Athenaeum, Buck House, os leões da praça Trafalgar. Muito impressionante. Fui a uma reunião com o ministro júnior da F. & C.O. e me dei conta de que estava no velho India Office. Toda aquela teca escura da John Company, aqueles animais rampantes com grandes presas em velhas estantes. Fiquei perplexo. Eu os aplaudo pelo sucesso: hurra! Mas então olho para minha própria terra e constato que ela foi espoliada por ladrões. Não posso negar que há um resíduo de angústia.

— Sinto muito saber de suas perdas — disse Zulu, enrugando a testa. — Mas decerto os culpados não estão na vizinhança.

— Zulu, Zulu, uma figura de linguagem, meu simplório príncipe-soldado. Os museus deles estão cheios de tesouros nossos, foi o que quis dizer. As fortunas e as cidades deles, construídas com pilhagens. E assim por diante. As pessoas perdoam, claro; esta é nossa natureza nacional. Mas as pessoas não precisam esquecer.

Zulu apontou para um mendigo, dormindo no banco ao lado, com um chapéu e um casaco esfarrapados.

— Ele também roubou da gente? — perguntou.

— Nunca esqueça — disse Tchekhov, agitando um dedo — que a classe trabalhadora britânica colaborou para sua própria vantagem no projeto colonial. Em Manchester os que trabalhavam com algodão, por exemplo, apoiaram a destruição de nossa indústria do algodão. Como diplomatas não devemos nunca chamar a atenção para fatos como estes; mas fatos, no entanto, eles continuam sendo.

— Mas um mendigo não faz parte da classe operária — objetou Zulu, sensatamente. — Sem dúvida este sujeito aqui pelo menos não é nosso opressor.

— Zulu — disse Tchekhov com irritação —, não seja tão difícil.

Tchekhov e Zulu foram andar de barco no Serpentine, e Tchekhov retomou seu cavalinho de pau.

— Eles nos roubaram — disse, reclinando-se, com chapéu de palha e amarelado, nas almofadas listradas enquanto o poderoso Zulu remava. — E agora nós mesmos estamos roubando de volta. É uma situação do tipo mármores de Elgin.

— Você devia estar mais satisfeito — disse Zulu, armando os remos e tragando coca-cola. — Devia ser menos ansioso, menos irritadiço. Veja quanta coisa você tem! É suficiente. Recline-se e relaxe. Tenho menos, e para mim basta. O sol está brilhando. O período colonial é um livro fechado.

— Se não quiser este sanduíche, passe-o para mim — disse Tchekhov. — Com meu radicalismo natural eu não devia ter sido diplomata. Devia ter sido um terrorista.

— Mas então teríamos sido inimigos, em lados opostos — objetou Zulu, e de repente havia lágrimas de verdade em seus olhos. — Não se preocupa nada com nossa amizade? Com minhas responsabilidades na vida?

Tchekhov ficou embaraçado.

— Está certo, meu velho Zools. É a pura verdade. Você não pode imaginar quanto fiquei feliz quando soube que nós iríamos juntar forças assim aqui em Londres. Nada como a amizade de infância, não é? Nada no mundo é capaz de substituí-la. Agora escute, seu brutamontes, chega de cara fechada. Não vou deixar. Um cara tão legal como você não deve chorar. Irmãos de sangue, velho amigo, que me diz? Todos por um e um por todos.

— Irmãos de sangue — disse Zulu, sorrindo um tímido sorriso.

— Avante, então — Tchekhov acenou com a cabeça, recostando-se nas almofadas. — Somente força de impulso.

No dia em que a sra. Gandhi foi assassinada por seus guarda-costas sikhs, Zulu e Tchekhov jogaram squash numa quadra particular em St. John's Wood. No vestuário, depois do chuveiro, o Tchekhov prematuramente grisalho ainda ofegava fortemente com uma toalha em torno da cintura flácida, relutando em expor à vista o pênis púrpuro enrugado pela exaustão; Zulu continuava orgulhosamente nu, de membro grosso, jogando para trás a vistosa cabeça de cabelo negro e longo, alisando-o e penteando-o com sensualidade feminina, e por fim torcendo-o rapidamente para formar uma laçada.

— Muito bom, Zulu *yaar. Fataakh! Fataakh!* Que lances! Bom demais para mim.

— Vocês pilotos de escrivaninha! Você perde a habilidade. Antes você estava afiado para qualquer coisa.

— Pois é, pois é. Já estou batendo os pinos. Mas você é apenas um ano mais novo.

— É que levei uma vida mais pura: ação, não palavras.

— Você sabe que teremos que difamar seu nome — disse Tchekhov brandamente.

Zulu voltou-se devagar numa pose de Charles Atlas diante de um espelho de corpo inteiro.

— Tem que parecer uma façanha de dissidente. Se alguma coisa der errado, a negação é essencial. Mesmo sua mulher não pode suspeitar da verdade.

Esticando os braços e as pernas, Zulu fez com o corpo um X gigante, estirando-se até o limite. Depois tomou a posição de sentido. Tchekhov falou com certa irritação.

— Zools? Que me diz?

— O transportador está pronto?

— Que é isso, *yaar*, chega de exibir esse rabo.

— Com todo o respeito, mister Tchekhov, senhor, o rabo é meu. Então: o transportador está pronto?

— Transportador pronto. Sim.

— Então, energizar.

O memorando de Tchekhov, confidencial *top-secret*, reservado, e endereçado a "JTK" (James T. Kirk):

Minha forte recomendação é que a Operação Jornada nas Estrelas seja abortada. Enviar um empregado da federação originário de Klingon desarmado a uma cela de Klingon para espiar é a forma mais bruta de testar lealdade. O operador em questão jamais demonstrou desvio ideológico de qualquer tipo e merece mais, mesmo no atual clima de distúrbio, histeria e medo. Caso fracasse na tentativa de convencer os Klingon de sua bona fide, ele será tratado com preconceito extremado. Não se trata de fazedores de reféns.

A missão inteira está equivocada. A população Klingon localmente estabelecida não é o problema central. Mesmo que tenhamos êxito, as informações secretas que forem coletadas acerca das mais importantes cabeças em nossa terra serão sem dúvida de precisão questionável e de valor limitado. Devemos aconselhar o Quartel-General da Star Fleet a comprometer-se urgentemente com as queixas e as aspirações do povo de Klingon.

A menos que estas sejam tratadas com franqueza não haverá uma paz duradoura.

A resposta de JTK:

Sua intimidade com o indivíduo atinente justifica o que de outra maneira é um documento explosivamente comunal. Não cabe ao senhor definir o interesse nacional nem determinar que operações secretas sejam empreendidas. Cabe ao senhor viabilizar tais operações e oferecer apoio quando solicitado a fazê-lo. Como um favor pessoal ao senhor e em nome de minha longa amizade com seu Papaji, *destruí seu último memorando sem guardar uma cópia e sugiro que faça o mesmo.* Destrua também este.

Tchekhov pediu a Zulu que o levasse de carro até Stratford para assistir a uma montagem de *Coriolano*.
— Quantos pimpolhos até agora? Três?
— Quatro — respondeu Zulu. — Todos meninos.
— Pela graça de Deus. Ela deve ser uma boa mulher.
— Tenho um coração cheio — disse Zulu, com repentina ternura. — Uma casa cheia, uma barriga cheia, uma cama cheia.
— Sorte que seja assim — disse Tchekhov. — Sempre foi impetuoso. Eu, como contraste, não sou. Répteis, determinadas espécies de dinossauros, e eu. Estou no mercado das esposas, aliás, se você souber de alguma candidata adequada. Ser solteiro, depois de certo ponto, vira obstáculo no curso da carreira.

Zulu estava dirigindo de maneira esquisita. Na pista de baixa velocidade da estrada, à medida que se aproximavam de uma saída, ele acelerou para cento e cinquenta por hora. Assim que a saída foi ultrapassada, ele desacelerou. Tchekhov notou que ele variava velocidade e pista constantemente.

— Este velho calhambeque não tem controle de estabilidade? — perguntou. — Porque, meu companheiro, este tipo de desempenho não serviria na ponte da capitânia da Federação Unida dos Planetas.

— Antivigilância — disse Zulu. — Lavagem a seco.

Tchekhov, alarmado, olhou pela janela de trás.

— Fomos seguidos, então?

— Não há por que se preocupar — sorriu Zulu. — Melhor seguro do que arrependido é tudo. Sempre preveja o pior quadro.

Tchekhov se recostou no banco.

— Você gostava de brinquedos e jogos — disse ele. Zulu fora campeão de tiro com rifle, o campeão de luta livre da escola, e um exímio esgrimista.

— Em cada Dia de Discurso — disse Zulu —, eu me sentava no auditório e aplaudia, enquanto você subia para receber todos os prêmios por trabalhos. Inglês, história, latim, estilo. Aplauso, aplauso, aplauso, período após período, ano após ano. Mas no Dia dos Esportes eu recebia minhas taças. E agora também tenho minha área de especialização.

— Está construindo uma bela reputação, a julgar pelo que tenho ouvido.

Baixou um silêncio. A Inglaterra ficava para trás com velocidade.

— Gosta de Tolkien? — perguntou Zulu.

— Não sabia que você era um grande leitor — disse Tchekhov, pasmo. — Sem querer ofender.

— J. R. R. Tolkien — disse Zulu. — *O senhor dos anéis.*

— Não posso dizer que tenha lido o cavalheiro. Ouvi falar dele, claro. Elves e elfos. Coisas que não te interessam, eu diria.

— Trata-se de uma guerra total entre Deus e o Diabo

— disse Zulu concentrado. — E enquanto essa grande guerra está sendo travada, há uma parte do mundo, o Shire, na qual ninguém sabe que ela está acontecendo. Os seres que vivem lá trabalham, brigam e se divertem, e não têm a menor ideia das forças que os ameaçam, daquelas que salvam suas pequeninas peles. — O rosto de Zulu estava vermelho com a veemência.

— Se referindo a mim, suponho — disse Tchekhov.

— Sou um soldado naquela guerra — disse Zulu. — Se você senta num escritório não tem sequer a mínima ideia de como é o mundo real. O mundo da ação. O mundo dos feitos, das coisas que são feitas e que também podem ser desfeitas. O mundo da vida e da morte.

— Só no pior dos quadros — Tchekhov objetou.

— Eu digo para você como aplicar seu refinamento constelado e lisonjeiro às costas das pessoas? — enfureceu-se Zulu. — Pois então não me diga como exercer minha profissão.

Soldados que batalham se arrojam, Tchekhov sabia disso. Este bombear do peito era de esperar, não pode ser mal interpretado.

— Quando vai sumir? — perguntou calmamente.

— Caro Tchekhov, você não vai me ver sumir.

Stratford à vista.

— Você sabia — propôs Zulu — que o mapa da terra média de Tolkien corresponde muito bem ao centro da Inglaterra e do País de Gales? Talvez todos os reinos das fadas estejam exatamente aqui, onde estamos.

— Você é uma pessoa profunda, velho Zools — disse Tchekhov. — Cheio de revelações hoje.

Tchekhov recebeu algumas pessoas para o jantar na moderna residência oficial numa rua particular em Hampstead:

um importantíssimo homem de negócios que ele estava cortejando, jornalistas de quem gostava, proeminentes amantes da Índia, eminentes indianos não residentes. O embaraçoso evento não deve ser visto como tendo descarrilado a nave do Estado: cujo novo capitão, Tchekhov ruminou, era ele mesmo um ex-piloto. Como se fosse um Sulu, um Tchekhov havia de repente sido promovido para a cadeira do capitão.

Dificílimo fazer tudo isso sem uma esposa para atuar como a anfitriã, resmungou ele consigo mesmo. Os melhores pratos de prata com o leão de várias cabeças no centro, os mais finos cristais, o menu, os vinhos. Ajudantes foram recrutados entre os funcionários de India House, mas não era a mesma coisa. Os segredos de uma boa noite, como Deus, estavam nos detalhes. Tchekhov se intrometia e se martirizava.

A noite correu bem. Sob os efeitos do *brandy*, Tchekhov até mesmo se atreveu a introduzir uma nota mais negra.

— A Inglaterra sempre foi uma base para a geração de nossos revolucionários — disse ele. — O que teria sido de Pandit Nehru sem Harrow? Ou de Gandhi sem suas experiências de formação aqui? Mesmo o conceito paquistanês foi sonhado por jovens radicais universitários no que nos levavam a pensar como a pátria-mãe. Agora que o status da Inglaterra decaiu, suponho ser lógico que a qualidade dos revolucionários que ela gera também caiu. Os caxemirianos! Nenhuma esperança. E, quanto a esses tipos khalistanos, que não pensem eles que suas ações malignas trouxeram seus sonhos mais perto da realidade. Pelo contrário. Pelo contrário. Vamos extirpá-los e quebrá-los em... qual é mesmo a expressão... em mil pedaços.

Para sua surpresa, ele começara a falar alto e se pusera de pé. Sentou-se pesadamente e riu. O momento passou.

— O mais engraçado a respeito deste detestável apelido meu — disse ele sem demora para sua vizinha à mesa de jantar, a septuagenária e improvavelmente jovem e atraente mulher do importantíssimo homem de negócios — é que na época nunca assistimos a um episódio sequer da série de TV. Nenhum aparelho de TV para assistir, compreende? A coisa toda era apenas uma lenda flutuando dos Estados Unidos e do Reino Unido para nossa adorável emissora no topo da colina de Dehra Dun. Passado um tempinho, conseguimos obter uns dois exemplares em brochura barata de romancização e os passávamos de mão em mão como se fossem livros sacanas como *Lady C* ou coisa que o valha. Muitos de nós experimentamos os nomes conforme nossos tipos, mas só dois deles pegaram; provavelmente porque os dois combinavam bem, e nós, os dois sujeitos, nos dávamos muito bem, embora ele fosse mais jovem. Um rapaz encantador. Assim, como Laurel e Hardy, éramos Tchekhov e Zulu.

— Amor e casamento — observou a mulher.
— Como disse?
— Você sabe — disse ela. — Se dar bem como se fosse leite e mingau de aveia. Ou um carro e uma garagem, isso. Adoro canções antigas. Lá-lá-lá-não-sei-o-quê-irmão, ninguém se diverte sem, eu penso, sua mãe.
— Ah, sim, agora me lembro — disse Tchekhov.

3

Três meses mais tarde Zulu telefonou para a mulher.
— Oh, meu Deus, por onde você anda, está morto?
— Ouça, por favor, minha *bivi*. Ouça atentamente, minha mulher, meu único amor.
— Sim. Tá bem. Tô calma. A linha está ruim, mas...
— Ligue para Tchekhov e diga condição vermelha.
— *Arré!* Que está errado com tua condição?
— Por favor. Condição vermelha.
— Sim. Tá bem. Vermelha.

— Diga que os Klingon podem estar cheirando coisas.
— Pegando e mal cheirando coisas. Que quer dizer?
— Minha querida, te peço.
— Mas eu entendi tudo, sim. Com o lápis escrevi, as duas coisas.
— Diga para ele, faça com que Scotty capte meu sinal e me transmita imediatamente.
— Mas que bobagem! Mesmo agora você não larga dessa brincadeira estúpida.
— *Bivi*. É urgente. *Me transmita*.

Tchekhov largou tudo e pegou o veículo. Foi via os lavadores a seco, como instruído; circulou balões duas vezes, atravessou faróis fechados, intencionalmente pegou dois retornos errados, parou e voltou, tomou várias direitas, tantas quanto possível, para confirmar se alguém o seguia no fluxo do tráfego, e, na estrada, imitou as técnicas de Zulu. Quando enfim se convenceu de que estava limpo, rumou para o ponto de encontro. "Derrube Len Deighton", pensou, "e dê a notícia a Le Carré."

Saiu da estrada e parou num acostamento. Um homem saiu de trás das árvores, com ar de quem tinha acabado de tomar um banho e elegantemente vestido, com um sorriso tímido nos lábios. Era Zulu.

Tchekhov saltou do carro e abraçou o amigo, beijando-o nas faces. A barba eriçada de Zulu picou-lhe os lábios.

— Achei que ia te encontrar com um braço faltando, ou com sangue jorrando de um ferimento a bala, ou pelo menos com um olho roxo — disse ele. — Mas aqui está você vestido para o teatro, só que sem uma capa larga de ópera e uma bengala.

— Missão cumprida — disse Zulu, tocando o bolso interno do paletó. — Tudo presente e correto.

— O que foi então aquele "condição vermelha", *bakvaas*?

— O pior dos quadros — disse Zulu — nem sempre se concretiza.

No carro, Tchekhov checou os nomes, lugares e as datas no envelope castanho de Zulu. A informação era melhor do que se podia esperar. Daquele anônimo acostamento de Midlands, uma luz estava brilhando sobre certas aldeias remotas e vielas urbanas de Punjab. Haveria uma batida, e, para alguns cabeças pelo menos, não haveria mais sombras nas quais se esconder.

Ele deu um breve e perplexo assobio.

Zulu, no banco de passageiro, baixou a cabeça.

— Melhor zarpar agora — disse. — Não tente o destino.

Seguiram para o Sul através da terra média.

Não muito tempo depois de darem na estrada, Zulu declarou:

— A propósito, renuncio.

Tchekhov parou o carro. As duas torres do estádio de Wembley eram visíveis através de um vão entre as casas à esquerda.

— O que é isso? Aqueles extremistas conseguiram fazer tua cabeça ou o quê?

— Tchekhov, não seja bobo. Quem precisa de extremistas se há os assassinatos em Nova Delhi? Centenas, talvez milhares. Homens sikhs escalpelados e queimados vivos na frente dos familiares. Adolescentes também.

— Sabemos disso.

— Pois então sabemos também quem está por trás.

— Não há o menor traço de prova — Tchekhov repetiu a frase da diretriz.

— Há testemunhas oculares e fotografias — disse Zulu.
— Sabemos disso.

— Tem gente que pensa — Tchekhov disse pausadamente — que depois de Indira os sikhs mereceram o que acontece com eles.

Zulu se retesou.

— Você me conhece melhor do que isso — disse Tchekhov.
— Zulu, pelo amor de Deus, convenhamos. E as nossas vidas?

— Ninguém do Parlamento foi indiciado — disse Zulu.
— Apesar de todos os indícios de cumplicidade. Portanto, renuncio. Você devia renunciar também.

— Se você ficou tão radical assim — exclamou Tchekhov —, por que entregar essas listas afinal de contas? Por que ir só até o meio do maldito caminho?

— Sou um *wallah* de segurança — disse Zulu, abrindo a porta do carro. — Terroristas de todos os tipos são meus inimigos. Mas não, aparentemente, em determinadas circunstâncias, seus.

— Zulu, entre aqui, porra! — Tchekhov gritou. — Não liga para a sua carreira? Uma mulher e quatro filhos para sustentar. E os seus velhos camaradas? Vai dar as costas para mim?

Mas Zulu já estava longe demais.

Tchekhov e Zulu nunca mais se encontraram. Zulu se fixou em Bombaim e, como a demanda para a proteção no setor privado aumentou naquela rica e florescente cidade, suas companhias Zulu Escudo e Zulu Lança prosperaram e cresceram. Foi pai de outros três filhos, todos meninos, e até hoje continua num casamento feliz.

Quanto a Tchekhov, ele nunca se casou. Apesar dessa suposta desvantagem, porém, ele progrediu na profissão escolhida. Sua rápida ascensão continuou. Mas um dia de maio de 1991 ele integrava, por acaso, o séquito que acompanhava o sr. Rajiv Gandhi até a aldeia de Sriperumbudur, no Sul da

Índia, onde Rajiv devia fazer um discurso num comício da campanha eleitoral. A segurança era frouxa, intencionalmente frouxa. Nas eleições anteriores, assim Rajiv pensava, as exigências de segurança introduziram uma barreira alienante entre ele e os eleitores. Nesta ocasião, decretou ele, os eleitores tinham que poder se sentir mais próximos dele.

Depois dos discursos, o séquito de Rajiv desceu do pódio. Tchekhov, que estava apenas a alguns centímetros de Rajiv, viu uma pequena mulher tâmil adiantar-se, sorridente. Ela apertou a mão de Rajiv e não a soltou. Tchekhov compreendeu por que ela estava sorrindo, e esse conhecimento foi tão poderoso que parou o próprio tempo.

Como o tempo tinha parado, Tchekhov pôde fazer uma série de observações lá consigo mesmo. "Estes revolucionários tâmeis não retornaram da Inglaterra", notou. "Desse modo, enfim, aprendemos a produzir os bens aqui mesmo, e não precisamos mais importar. Foi-se para os ares aquele antigo jantar de apoio; por assim dizer." E, menos friamente: "A tragédia não é a maneira como alguém morre", pensou. "É a maneira como alguém viveu."

A cena em torno dele desapareceu, dissolvendo-se numa poça de luz, e foi substituída pela ponte da nave-mãe *Enterprise*. Todas as figuras importantes estavam em seus devidos lugares. Zulu sentava-se ao lado de Tchekhov na frente.

— Escudos não mais operacionais — Zulu estava dizendo. Na tela principal, viam a Ave de Rapina de Klingon abrindo as asas, preparando-se para atacar.

— Um impacto direto e estamos fritos — gritou o dr. McCoy. — Pelo amor de Deus, Jim, tire-nos daqui!

— Ilógico — disse o comandante Spock. — A degradação da energia de cristal de dilítio significa que a velocidade *warp* não está disponível. Usando apenas força de impulso, faríamos de fato uma insatisfatória tentativa de fugir da Ave de Rapina. Nosso único e lógico curso é a rendição incondicional.

— Render-nos a um Klingon! — gritou McCoy. — Droga, sua calculadora de orelhas pontudas e de sangue frio, não sabe como eles tratam os prisioneiros?

— Bancos de fase completamente esgotados — disse Zulu. — Capacidade de ofensiva nula.

— Devo contatar o capitão de Klingon, senhor? — indagou Tchekhov. — Poderão disparar a qualquer momento.

— Obrigado, senhor Tchekhov — disse o capitão Kirk. — Acho que não será necessário. Nesta ocasião, o pior quadro é o que somos obrigados a enfrentar até o fim. Manter posição. Estabilizar enquanto ela segue.

— Ave de Rapina disparada, senhor — disse Zulu.

Tchekhov pegou a mão de Zulu e segurou-a com firmeza, vitoriosamente, enquanto as velozes bolas de luz letal se aproximavam.

O CORTEIRO

1

Mary-Certamente era a menor mulher que Miscelânea, o porteiro, conheceu, exceto anãs, uma pequenina senhora indiana de sessenta anos de idade com cabelos grisalhos presos atrás da cabeça num impecável coque, erguendo a frente do sári branco de barra vermelha e subindo com dificuldade os degraus da entrada do bloco de apartamentos como se fossem os Alpes.

— Não — disse ele em voz alta, franzindo a testa. Quais seriam os caminhos corretos? Ah, bom, o nome era aquele.
— *Ghats* — disse com orgulho. Palavra que constava num atlas escolar havia muito tempo, quando a Índia parecia tão distante quanto o Paraíso. (Hoje em dia o Paraíso estava ainda mais distante, mas a Índia, e o Inferno, estavam um pouco mais perto.) — *Ghats* ocidentais, *ghats* orientais, e agora *ghats* de Kensington — disse, dando uma risadinha.
— Montanhas.

Ela parou na frente dele no saguão apainelado de carvalho.

— Mas *ghats* na Índia também são escadas — disse ela.
— Sim sim certamente. For exemplo na cidade sagrada hindu de Varanasi, onde os brâmanes se sentam recolhendo o dinheiro dos feregrinos, é chamada Dasashwamedh-ghat. Larga-larga escada que desce até o rio Ganga. Oh, muito certamente! Também Manikarnika-ghat. Confram lume de uma casa com um tigre que salta do teto... sim certamente, uma estátua de tigre, colorida for tecnicolor, o que o senhor está

fensando?... e eles o levam numa caixa fara lançar fogo aos corcos de seus entes queridos. Fogueiras de funerais são de sândalo. Fotografias não são fermitidas; não, certamente não.

Ele começou a pensar nela como Mary-Certamente porque ela nunca dizia só sim ou só não; sempre este Oh-sim--certamente ou não-certamente-não. Nas confusas circunstâncias que prevaleceram desde então, o cérebro dele, a única coisa tida como certa, traía-o, dificilmente ele podia ter certeza de alguma coisa; de modo que estava perplexo com a segurança da senhora, primeiro por nostalgia, depois por inveja, e depois por atração. E atração era algo esquecido tanto tempo atrás que, quando a batedura de manteiga começou, ele pensou por um bom tempo que deviam ser os bolinhos chineses que trouxera para casa do restaurante para viagem da High Street.

Inglês era difícil para Mary-Certamente, e esta foi uma das coisas que levaram o velho e avariado Miscelânea a se aproximar dela. A letra *p* era um problema particular, com frequência se transformando num *f* ou num *c*; quando ela atravessava o saguão puxando um carrinho de compras de vime, ela dizia: "Vou pazer confras", e quando, ao voltar, ele se oferecia para ajudar a levantar o carrinho até o alto dos *ghats* da frente, ela respondia: "Sim, for favor". Enquanto o elevador a levava para cima, ela gritava pela grade da porta: "Ei, corteiro! Obrigada, corteiro. Oh, sim, certamente". (Em hindu ou em concani, porém, os *pp* eram colocados nos lugares certos.)

Portanto: graças à inesperada mágica da senhora, que de algum modo lhe agitava o estômago, ele não era mais porteiro, mas corteiro. "Corteiro", repetiu para o espelho quando ela se foi. Sua respiração fez um pequeno e minguado desenho da palavra no vidro. "Corteiro corteiro capturado." Tudo bem. As pessoas o chamavam de várias coisas, não se importava. Mas este nome, este corteiro, ele tentaria viver.

2

Há anos já venho querendo escrever a história de Mary-Certamente, nossa *ayah*, a mulher que fez tanto quanto minha mãe para criar minhas irmãs e a mim, e sua grande aventura com seu "corteiro" de Londres, onde nós todos vivemos por um período no início dos anos 60 num bloco de apartamentos chamado Waverley House; mas por causa de uma e outra coisa nunca me convenci a fazê-lo.

Foi então que recentemente tive notícias de Mary-Certamente depois de um silêncio mais ou menos longo. Ela escreveu para dizer que estava com noventa e um anos, sofrera uma operação séria e não faria eu a gentileza de lhe enviar algum dinheiro, porque ela estava desconcertada com o fato de a sobrinha, com quem vivia agora no distrito de Kurla em Bombaim, estar tão necessitada.

Mandei o dinheiro, e logo depois recebi uma simpática carta da sobrinha, Stella, escrita com a mesma caligrafia da carta de *aya* — como sempre chamamos Mary, palindromicamente tirando o *h*. A *aya* ficara tão comovida, a sobrinha escreveu, que me lembrei dela depois de todos esses anos. "Ouvi histórias a respeito de vocês a minha vida inteira", continuava a carta, "e penso em vocês um pouco como uma família. Talvez se lembrem de minha mãe, a irmã de Mary. Infelizmente ela faleceu. Agora eu é que escrevo as cartas de Mary para ela. Todas nós lhes desejamos tudo de bom."

Essa mensagem de uma estranha íntima chegou até mim em exílio forçado do adorável país de meu nascimento e me comoveu, remexendo coisas que estavam enterradas lá no fundo. Naturalmente também me fez sentir culpado por ter feito tão pouco por Mary ao longo dos anos. Por alguma razão, tornou-se mais importante do que nunca escrever a história que carreguei comigo não escrita por tanto tempo, a história da *aya* e do homem bondoso a quem ela deu um novo nome — com tons não intencionais mas proféticos de romance —, "o corteiro". Compreendo agora que não é apenas a história deles, mas a nossa, a minha, também.

3

O nome verdadeiro dele era Mecir: a gente devia dizer Mishirsh porque havia nele tonicidades invisíveis em alguma língua da Cortina de Ferro nas quais as tonicidades tinham que ser invisíveis, minha irmã Durré explicou solenemente, caso alguém as espionasse ou as obtivesse friccionando, ou qualquer coisa. O primeiro nome dele também começava com um *m*, mas estava tão cheio do que chamávamos de consoantes comunistas, todos aqueles *zz*, *cc* e *ww* agrupados juntos sem vogais para lhes dar espaço para respirar, que nunca nem tentei aprendê-lo.

No início pensamos em lhe pôr um apelido tirado de uma pequena e travessa personagem de história em quadrinhos, Mr. Mxyztplk, da Quinta Dimensão, que parecia um bocado com Elmer Fudd e costumava infernizar a vida do Super-Homem, até que o bravo Supe conseguisse enganá-lo e fazê-lo dizer o nome de trás para a frente, Klptzyxm, com o que ele desaparecia de volta para a Quinta Dimensão; mas como a gente não tinha muita certeza de como pronunciar Mxyztplk (para não dizer Klptzyxm), desistimos da ideia. "Vamos chamá-lo de Miscelânea", eu lhe disse no fim, para simplificar a vida. "Mishter Mikshelânea Mishirsh." Na época eu estava com quinze anos e saturado de um membro sem uso, o que significava que eu podia dizer coisas assim na cara das pessoas, mesmo pessoas menos complacentes do que o sr. Mecir com seu derrame cerebral.

A coisa de que me recordo mais vivamente são suas luvas de borracha cor-de-rosa para lavar pratos, as quais ele parecia nunca tirar, pelo menos não até ele vir procurar Mary-Certamente... De qualquer forma, quando eu o insultava, com minhas irmãs Durré e Muneeza tagarelando no elevador, Mecir simplesmente arreganhava um sorriso vazio e bondoso, balançava a cabeça, "Pode me xingar do que quiser, tudo bem", e voltava a lustrar e polir os metais. Não fazia sentido provocá-lo se era para ele se comportar daquele jeito, de modo que eu entrava no elevador e, no trajeto até o quarto andar, nós cantávamos "I can't stop loving you" no limite de nossas melhores vozes de Ray Charles, que eram horrendas. Mas estávamos usando nossos óculos escuros, não tinha importância.

4

Era o verão de 1962 e não tinha escola. Minha irmãzinha Scheherazade estava só com um ano. Durré estava com seus ocupados catorze; Muneeza tinha dez, e já um bocado difícil. Nós três — ou, melhor, Durré e eu, Muneeza tentando desesperadamente, e sem sucesso, ser incluída em nossa gangue — ficávamos junto ao berço de Scheherazade e cantávamos para ela. "Nada de canções infantis", decretava Durré, e então nada daquelas canções, pois, embora fosse um ano mais nova do que eu, ela era uma líder natural. As canções de ninar de Scheherazade eram nossas versões pessoais de sucessos recentes de Chubby Checker, Neil Sedaka, Elvis e Pat Boone.

"Por que não vem pra casa, Speedy Gonzales?", urrávamos em doce desarmonia: mas acima de tudo, e com ações, pulávamos, girávamos e jogávamos travesseiros de algodão. Pularíamos, giraríamos e jogaríamos travesseiros o dia inteiro, só que o marajá de B... no apartamento de baixo se queixava, e a *aya* Mary vinha nos pedir para ficar quietos.

"Olha, tá vendo, é Jambo-Aya que se engraçou com Miscelânea", Durré gritava, e Mary enrubescia um rubor realmente enorme. Assim naturalmente passávamos para um rápido *me-oh-my-oh*; *son of a gun, we had a big fun*. Mas então o bebê começava a berrar, meu pai vinha de cabeça baixa, como um touro, bufando pelas orelhas, e nós precisávamos da boa sorte de todos os encantos disponíveis.

Estava num internato na Inglaterra por mais ou menos um ano quando Abba tomou a decisão de trazer a família. Como todas as decisões que ele tomava, esta não foi nem explicada nem discutida com ninguém, nem mesmo com minha mãe. Quando chegaram, ele alugou dois apartamentos adjacentes num decaído casarão de Bayswater chamado Graham Court, que espreitava furtivamente uma rua obscura que se arrastava ao longo da lateral do cinema ABC de Queensway na direção de Porchester Baths. Ele ficou com um desses apartamentos para si mesmo e pôs minha mãe, as três irmãs e a *aya* no outro; e também eu, nas férias escolares. A Inglaterra, onde bebidas alcoólicas podiam ser compradas livremente, contribuiu pouco para a *bonomia* de meu pai, de modo que, de certa maneira, era um alívio ter um apartamento para nós.

Na maioria das noites ele esvaziava uma garrafa de Johnnie Walker Red Label com soda limonada de sifão. Minha mãe não se atrevia a ir até "a casa dele" de noitinha. Ela dizia: "Ela faz caretas pra mim".

Aya Mary levava o jantar para Abba e atendia todos os seus telefonemas (quando queria alguma coisa, ele nos telefonava pedindo). Não sei bem por que Mary estava isenta das explosões de bêbado dele. Ela disse que era porque era nove anos mais velha, de modo que podia lhe falar para mostrar o devido respeito.

Depois de alguns meses, no entanto, meu pai arrendou um apartamento de três quartos no quarto andar de um endereço extravagante. Era Waverley House em Kensington Court, W8. Entre os outros residentes estavam não um mas dois marajás indianos, o esportivo príncipe P... e o velho B..., que já foi mencionado. Agora estávamos comprimidos todos juntos, meus pais e o bebê Scare-zade (como os irmãos começaram a chamá-la carinhosamente) no quarto principal, nós três num quarto bem menor, e Mary, lamento admitir, numa esteira de palha colocada no carpete do vestíbulo. O terceiro quarto servia de escritório para papai, onde ele dava telefonemas e abrigava a *Encyclopaedia Britannica*, as *Reader's Digests* e (trancado a chave) o armário da televisão. Entrávamos no escritório por nossa conta e risco. Era o covil do Minotauro.

Uma manhã, ele foi persuadido a ir até a farmácia da esquina para buscar uns suprimentos para o bebê. Quando voltou, havia uma expressão infantil de dor em seu rosto que nunca vi antes, e ele pressionava a mão contra a bochecha.

— Ela me bateu — disse ele lamentoso.

— *Hai! Allah-tobah!* Querido! — gritou minha mãe, alvoroçada. — Quem te bateu? Está machucado? Me mostra, me deixa ver.

— Não fiz nada — ele disse, parado no vestíbulo com a sacola da farmácia na outra mão e o rosto tão rosado quanto as luvas de borracha de Mecir. — Eu entrei lá com a lista que vocês me deram. A moça parecia muito prestativa. Pedi expectorante para bebê, talco Johnson, pomada para os dentes que estão nascendo, e ela os trouxe. Depois perguntei se tinha bicos de mama, e ela me deu um tapa na cara.

Minha mãe ficou pasma.

— Só por isso?

E Mary-Certamente apoiou-a.

— Mas que absurdo é este? — quis saber. — Já fui naquela parmácia, e eles têm uma forção de bicos de mama, de tamanhos diferentes, tudo à mostra.

Durré e Muneeza não se contiveram. Rolavam no chão, rindo e atirando as pernas para o ar.

— Os dois fechem já esse bico — minha mãe ordenou. — Uma doida deu na cara do seu pai. Onde é que está a graça?

— Não acredito — arquejou Durré. — O senhor foi falar com a moça e disse — e neste momento não aguentou de novo, batendo os pés e segurando o estômago — "você tem bicos de mama?".

Meu pai ficou possesso, vermelho. Durré controlou-se.

— Mas Abba — disse ela enfim —, aqui eles chamam bico de mamadeira de "mamilo".

As mãos de mamãe e de Mary voaram para as bocas, e até papai parecia chocado.

— Mas que vergonha! — exclamou mamãe. — A mesma palavra para o que está no peito de vocês? — Corou, pôs a língua para fora, envergonhada.

— Estes ingleses — suspirou Mary-Certamente. — Fois não são eles o limite? Certamente-sim; são.

Lembro-me deliciado desta história, porque foi a única vez que vi papai tão derrotado, e o incidente tornou-se lendário e a moça da farmácia elevada a nosso objeto de grande veneração. (Durré e eu fomos até lá só para vê-la — uma moça baixa e simples, de uns dezessete anos, com enormes e inevitáveis seios —, mas nos pegou cochichando e nos lançou um olhar tão feroz que saímos correndo.) E também porque, na hilaridade geral, fui capaz de disfarçar a vergonhosa verdade de que eu, que estava na Inglaterra havia tanto tempo, teria cometido o mesmo erro de Abba.

Não era só Mary-Certamente e meus pais que tinham problemas com a língua inglesa. Meus colegas de escola riam à socapa quando, à minha maneira de Bombaim, eu dizia *brought-up*, criação, querendo dizer *upbringing*, formação (como em "por onde você foi criado?"), o raro *thrice* por "três vezes", e *quarter-plate* por *side-plate*, e *macaroni* para massa em geral. Quanto a aprender a diferença entre bico de mamadeira e mamilo, realmente não tive a menor oportunidade de aumentar meu conhecimento verbal nesta área.

5

De modo que fiquei um pouco enciumado de Mary--Certamente quando Miscelânea veio procurá-la. Ele tocou a campainha, o corpo todo trêmulo com deferência num velho terno bastante folgado, as calças presas bem apertadas por um cinto; tinha tirado as luvas de borracha e as mãos seguravam rosas. Meu pai abriu a porta e deu-lhe um olhar demolidor. Sendo um esnobe, Abba não estava feliz com o fato de que no apartamento faltava uma entrada de serviço, de modo que até um porteiro tinha que ser tratado como um membro do mesmo universo dele.

— Mary — Miscelânea conseguiu dizer, lambendo os

lábios e puxando para trás o desleixado cabelo branco. — Eu, para ver senhorita Mary, vim.

— Espere aí — disse Abba, e fechou a porta na cara dele.

A partir de então Mary-Certamente passou todas as tardes fora com o velho Miscelânea, ainda que aquele primeiro encontro não tivesse sido um sucesso total. Ele a levou "para o Oeste" para lhe mostrar a Londres dos visitantes que ela nunca vira, mas, no alto da escada rolante de Piccadilly Circus, enquanto Mecir estava pronunciando penosamente as palavras dos cartazes publicitários que ela não era capaz de ler — *Unzip a banana* e *Idris when I's dri* —, o sári ficou preso nas mandíbulas da máquina e, à medida que a escada rolante puxava a roupa, esta começou a se desenrolar. Mary-Certamente foi forçada a girar e girar como um pião, e gritava com o limite da voz: "OH, BAAAP! BAAAP-RÉ! BAAAP-RÉ-BAAAP--RÉ-BAAAP!". Foi Miscelânea que a salvou apertando o botão de emergência que parava a escada rolante, antes que o sári fosse completamente desenrolado e ela ficasse exposta só de anágua para todo mundo ver.

— Oh, corteiro! — ela chorou no ombro dele. — Ah, chega de escada rolando, corteiro, nunca mais, decerto que não.

Minhas saudades amorosas pessoais eram da melhor amiga de Durré, uma polaquinha chamada Rozalia, que tinha um emprego temporário de férias na sapataria Faiman's, na Oxford Street. Eu a persegui pateticamente durante as férias inteiras e, ora sim ora não, nos dois anos seguintes. Às vezes permitia que eu almoçasse com ela e lhe comprasse uma coca e um sanduíche, e uma vez ela foi comigo ao estádio de White Hart Lane para assistir da arquibancada o Jimmy Greaves jogar pela primeira vez para o Spurs. "Vamos lá, branquelos", nós dois gritávamos devidamente. "Vamos lá, branquelos de leite." Depois disso ela chegou até a me convidar para ir aos fundos da Faiman's, onde me beijou duas vezes e me deixou pegar nos peitos, mas não fui mais longe do que isso.

E então tinha Chandni, uma espécie de prima minha cuja irmã da mãe se casou com o irmão de minha mãe, embora tivessem logo se separado. Chandni era um ano e meio mais velha do que eu, e tão sexy que era de matar. Estava treinando para dançarina indiana clássica, Odissi e também Natyam, mas nos intervalos vestia jeans pretos agarrados e um *jumper* preto aderente de gola polo, e de quando em quando me levava ao Bunjie's, onde ela conhecia quase todos os apaixonados por música folk que frequentavam o lugar, e onde ela atendia pelo nome de Moonlight, que é o que *chandni* significa. Fumei um atrás do outro e depois fui vomitar no banheiro.

Chandni era a substância das obsessões. Um sonho de adolescente, o Moon River baixado à Terra como a deusa Ganga, embonecada com sinuoso preto. Mas para ela eu não passava do jovem primo novato com quem estava sendo legal porque ainda não aprendera a se virar.

She-E-rry, won't you come out tonight?, cantavam em falsetes Four Seasons. Eu sabia perfeitamente como se sentiam. *Come, come, come out toni-yi-yight*. E, enquanto está nessa, *love me do*.

6

Passeavam por Kensington Gardens.

— Pan — disse Miscelânea, apontando para uma estátua. — Rapaz perdid. Nunc cresceu.

Foram a Barkers, Pontings e Derry & Toms e selecionaram móveis e cortinas para casas imaginárias. Percorreram supermercados e escolheram guloseimas para comer. Na apertada saleta de Mecir tomaram o que chamavam de "chá de chimpanzé" e assaram *crumpets* na frente da grade de uma lareira elétrica.

Graças a Miscelânea, Mary pôde enfim ver televisão. Ela preferia programas infantis, principalmente os *Flintstones*. Uma vez, rindo de seu atrevimento, Mary confidenciou para Miscelânea que Fred e Wilma lhe lembravam *sahib* e *begume sahiba* lá em cima; ao que o corteiro, com o mesmo atrevimento, apontou primeiro para Mary-Certamente e depois para si mesmo, sorriu um largo sorriso cheio de lacunas e disse: "Rubble".

Mais tarde, no noticiário, um ladino inglês de bigode fino e olhos de louco anunciou uma advertência contra imigrantes, e Mary-Certamente agitou a mão na direção do aparelho:

— *Khali-pili bom marta* — objetou, e depois, para o benefício do anfitrião, traduziu: — For nada ele está gritando gritando. Vida madrasta! Desliga!

Eram com frequência interrompidos pelos marajás de B... e de P..., que desciam para fugir de suas mulheres e telefonar para outras mulheres usando o aparelho na saleta do porteiro.

— Ora, meu bem, esqueça aquele sujeito — disse o esportivo príncipe P..., que parecia passar todos os dias com roupa de jogar tênis, e cujo roliço Rolex de ouro quase se perdia na abundância dos pelos do braço. — Vou lhe mostrar melhores momentos que os dele, meu bem; entre no meu mundo.

O marajá de B... era mais velho, mais feio, mais trivial.

— Sim, traga todos os instrumentos. Quarto reservado em nome do senhor Douglas Home. Das seis e quarenta e cinco até as sete e quinze. Tem tabela de preços? Por favor. Também uma régua de sessenta centímetros, tem que ser de madeira. E avental com rufos.

Isto é o que ficou nas minhas lembranças de Waverley House, esta efervescente massa de casamentos frustrados, bebedeiras, namoradores e concupiscência de jovem não consumada; do marajá de P... estrondeando rumo à cassinolândia de Londres todas as noites, com seu carro esporte vermelho provido de loiras, e do marajá de B... saindo de fininho para Kensington High Street usando óculos escuros no escuro, e um casaco com a gola levantada mesmo no ápice do verão; e, no coração de nosso pequeno universo, estavam Mary-Certamente e seu corteiro, tomando chá de chimpanzé e cantando o hino nacional de Bedrock:

Flintstones! Conheça os Flintstones!
Eles são a família da moderna idade da pedra.

Mas não eram de modo algum como Barney e Betty Rubble. Eram formais, polidos. Eram... corteses. Ele a cortejava, e, como uma pudica, anelada ingênua com um leque, ela inclinava a cabeça, e lhe alisava o paletó.

Eles são uma página tirada da his-tó-ria.

7

Em 1963, passei um fim de semana do meio período escolar na casa em Beccles, Suffolk, do marechal de campo sir Charles Lutwidge-Dodgson, um velho experiente da Índia e amigo da família que estava apoiando meu pedido de cidadania britânica. "O Dodo", como ele era conhecido, convidou-me para ir sozinho, dizendo que queria me conhecer melhor.

Era um homem enorme cuja pele do rosto começara a despencar de flacidez, um gigante morando num minúsculo chalé de sapé e eternamente batendo a cabeça. Não admira que fosse irascível às vezes; estava no inferno, um Gulliver em armadilha naquele roseiral liliputiano de aros de croqué, sinos de igreja, fotografias em sépia e velhos clarins de batalha.

O fim de semana foi indeciso e embaraçoso até o momento em que Dodo me perguntou se eu jogava xadrez. Ligeiramente intimidado pela perspectiva de jogar com um marechal de campo, fiz que sim com a cabeça; e noventa minutos depois, para minha surpresa, ganhei o jogo.

Fui para a cozinha, andando um tanto emproado, planejando me gabar um pouco para a antiga empregada do velho soldado, a sra. Liddell. Mas assim que entrei ela falou:

— Não me diga. Você nunca jogou e ganhou?

— Sim — respondi, fingindo desinteresse. — De fato, sim, ganhei.

— Nossa! — fez a sra. Liddell. — Agora terá que pagar por isso. Volte lá para dentro e lhe proponha outra partida, e desta vez garanta que irá perder.

Fiz o que ela pediu, mas nunca mais fui convidado para ir a Beccles.

Não obstante, a derrota de Dodo me deu renovada segurança diante do tabuleiro de xadrez, de modo que, quando voltei para Waverley House depois de terminar meus exames regulares, e fui logo convidado por Miscelânea para uma partida (Mary lhe contara acerca de minha vitória na batalha de Beccles com grande orgulho e alguma hipérbole), eu disse:

— Claro, não me importo. — Quanto tempo levaria, afinal, para bater o velho pateta?

Seguiu-se um massacre da realeza. Miscelânea não só me derrotou; me devorou como uma refeição, fácil-fácil. Eu não acreditava — a abertura perspicaz, a fluência de seu jogo de combinação, a força de seus ataques, minhas próprias posições impossivelmente restritas, estranguladas — e pedi uma segunda partida. Desta vez ele me encurralou com ânimo ainda maior. No final me recostei quebrado na cadeira, quase chorando. *Big girls don't cry*, lembrei a mim mesmo, mas a canção continuou soando na minha cabeça: *that's just an alibi*.

— Quem é você? — inquiri, a humilhação pesando cada sílaba. — O diabo disfarçado?

Miscelânea sorriu seu enorme e tolo sorriso.

— Grande Mestre — disse. — Muito tempo. Antes cabeça.

— Você é um Grande Mestre — repeti, ainda em estado de pasmo. Em seguida, num momento de horror, lembrei-me de ter visto o nome Mecir em livros de jogos clássicos.

— Nimzo-Indian — disse em voz alta. Ele sorriu radiante e confirmou furiosamente com a cabeça.

— Aquele Mecir? — perguntei admirado.

— Aquele — disse ele. Saliva saía pouco a pouco de um canto de sua velha boca aguada. Aquele homem arruinado estava nos livros. Ele estava nos livros. E mesmo com a cabeça voltada para Rubble ele ainda podia limpar o soalho comigo.

— Agora joga a dama — sorriu. Não entendi. — Dama Mary — disse ele. — Sim sim certamente.

Ela estava servindo chá, esperando minha resposta.

— *Aya*, a senhora não sabe jogar — eu disse, espantado.
— Afrendendo, *baba* — disse ela. — Que é que tem? É só um jogo.

E então também ela me derrotou, me deixando bobo, e com as peças negras. Não foi o melhor dia de minha vida.

8

De *100 most instructive chess games*, de Robert Reshevsky, 1961:

S. Mecir — S. Najdorf
Dallas 1950, Defesa Nimzo-Indiana
O ataque de um tático pode ter realização difícil — o do estrategista ainda mais. Enquanto as ameaças do tático podem ser inequívocas, o estrategista confunde a questão mantendo as coisas em suspensão. Ele ameaça ameaçar!

Tomemos este jogo por exemplo: Mecir crava um Cavalo em Q6 para obter controle no centro. Em seguida fixa um Peão transposto num flanco para ocupar o adversário no lado da Dama. Finalmente ele movimenta a posição no lado do Rei. O que faz o pobre e perplexo adversário? Como pode ele defender tudo ao mesmo tempo? Onde ocorrerá o ataque?

Observe Mecir manter Najdorf na corrida, enquanto ele transfere o ataque de um flanco para outro!

O xadrez tornou-se a língua particular deles. O velho Miscelânea, incapaz como era de articular palavras, reteve, no tabuleiro de xadrez, grande parte da articulação e da sutileza que desapareceram de sua fala. À medida que Mary--Certamente adquiria habilidade — e ela aprendera de forma espantosamente rápida, pensei com crueldade, para alguém que não conseguia ler, escrever ou pronunciar a letra *p* —, tornava-se mais capaz de compreender a sagacidade do degradado maestro com quem tão inesperadamente forjara um elo, e de responder a essa sagacidade.

Ele lhe ensinava com grande paciência, mostrando, não explicando, repetindo aberturas e combinações e técnicas de fim de jogo incansavelmente, até que ela começasse a perceber o significado dos modelos. Quando jogavam, ele se impunha desvantagens, dizia-lhe quais eram os melhores lances e demonstrava as consequências, atraindo-a, passo a passo, para as infinitas possibilidades do jogo.

Era esse o namoro deles.

— É como uma aventura, *baba* — Mary uma vez tentou me explicar. — É como ir com ele até o faís dele, sabe? Que lugar, *baaap-ré*! Bonito e ferigoso, engraçado e cheio de quebra-cabeças. Cara mim é uma grande grande descoberta. Que lhe dizer? Gosto do jogo. É uma maravilha.

Compreendi, então, quão longe as coisas tinham ido entre eles. Mary-Certamente nunca se casara, e deixara claro para o velho Miscelânea que era tarde demais para iniciar qualquer uma daquelas coisas travessas na idade dela. O corteiro era viúvo, e tinha filhos adultos em alguma parte, perdidos havia muito atrás dos sempre altos muros da Europa do Leste. Mas no jogo de xadrez encontraram uma forma de flerte, uma interminável renovação que evitava a possibilidade do enfado, um cortês país das maravilhas do coração envelhecido.

Como teria reagido Dodo a tudo isso? Sem dúvida ficaria escandalizado ao ver o xadrez, xadrez o jogo dos jogos, a grande formalização da guerra, transformado numa arte de amar.

Quanto a mim: ser derrotado por Mary-Certamente e

seu corteiro anunciou novas humilhações. Durré e Muneeza pegaram caxumba, e depois, finalmente, apesar dos esforços de mamãe para nos segregar, eu. Eu me deitava aterrorizado na cama enquanto o médico me advertia de que não me levantasse ou me mexesse, caso eu pudesse fazê-lo.

— Se não — disse ele —, seus pais não vão precisar castigar você. Você mesmo já terá se castigado bastante.

Passei as semanas seguintes atormentado dia e noite por visões de testículos grotescamente inchados e uma vida subsequente de flácida impotência — acabado antes mesmo de ter começado, não era justo! —, as quais ficaram ainda piores com a rápida recuperação e as incessantes zombarias de minhas irmãs. Mas no fim tive sorte; a doença não se espalhou para o extremo Sul.

— Imagine como as suas cento e uma namoradas vão ficar felizes, *bhai* — escarneceu Durré, que sabia de todos os meus insistentes fracassos nos departamentos de Rozalia e de Chandni.

No rádio, as pessoas estavam sempre cantando sobre as alegrias de se ter dezesseis anos de idade. Eu me perguntava onde estavam eles, todos aqueles meninos e meninas de minha idade vivendo o melhor da vida deles. Estavam eles viajando pela América do Norte em seus conversíveis Studebaker? Com certeza não estavam na minha vizinhança. Londres, W8, era o país de Sam Cooke naquele verão. "Another Saturday night..." Devia ter uma canção de amor no topo das paradas, mas eu estava aqui embaixo com o solitário Sam nas profundezas mais baixas das paradas, como queria ter alguém etc., e em geral me sentindo num estado deplorável.

How I wish I had someone to talk to.
I'm in an awful way.

9

— *Baba*, venha correndo.

Era tarde da noite quando a *aya* Mary me acordou sacudindo. Depois de vários sibilos urgentes, ela conseguiu me arrancar do sono e me puxar, de pijama e bocejando, até o vestíbulo. No patamar fora de nosso apartamento estava Miscelânea, o corteiro, todo encolhido contra a parede, chorando. Estava com um olho roxo e havia sangue coagulado na boca.

— O que aconteceu? — perguntei a Mary, chocado.

— Homens — gemeu Miscelânea. — Ameaçam. Batem.

Estivera em sua saleta mais cedo naquela noite quando o esportivo marajá de P... irrompeu para dizer:

— Se alguém vier procurando por mim, tá, qualquer cara de tipo corpulento, tá, não estou, tá? Oh, meu bom homem. Não deixa eles subirem, tá? Gorjeta gorda, tá bem?

Um pouco mais tarde, o velho marajá de B... também chegou à saleta de Mecir, com ar de angústia.

— *Suno*, escute — disse o marajá de B... — Você não sabe onde estou, *samajh liya*? Compreendeu? Algumas pessoas vulgares poderão querer saber. Você não sabe. Estou no exterior, *achha*? Em longas viagens ao exterior. Faça seu serviço, porteiro. Grande recompensa.

Tarde da noite, dois tipos grandalhões de fato apareceram. Aparentemente, o príncipe peludo P... fizera dívidas com jogo.

— Fora — sorriu Miscelânea com seu jeito mais doce. Os grandalhões balançaram a cabeça, devagar. Tinham cabeleira longa e lábios grossos como os de Mick Jagger.

— É um cavalheiro ocupado. A gente devia termos marcado entrevista — disse o primeiro grandalhão para o segundo. — Não te falei que a gente devia ter ligado?

— Falou — concordou o segundo. — Tem que fazer essas coisas direito, você disse, ele é realeza. E você estava certo, meu filho, dou minha mão à palmatória, eu estava redondamente errado. Dou minha mão à palmatória.

— Vamos deixar nosso cartão — disse o primeiro. — Depois ele vai saber que vai nos esperar.

— Ideal — disse o segundo, e meteu um soco na boca do velho Miscelânea. — Diga pra ele — o segundo disse, e esmurrou o olho do velho homem. — Quando ele chegar. Mencione.

Depois disso ele trancou a porta de entrada; mas bem mais tarde, bem depois da meia-noite, bateram. Miscelânea berrou:

— Quem?

— Somos amigos íntimos do marajá de B... — disse uma voz. — Não. Mentira. Conhecidos.

— Ele vê uma madame que a gente conhece — disse uma segunda voz. — Para ser preciso.

— É por causa dessa ligação que pedimos audiência — disse a primeira voz.

— Saiu — disse Mecir. — Avião jato. Foi-se.

Houve um silêncio. Em seguida a segunda voz falou:

— Não pode estar no *jet set* se não pega um jato, né? Biarritz, Monte, toda essa coisa.

— Tenha certeza e conte para Sua Alteza — disse a primeira voz — que esperamos ansiosamente sua volta.

— Com referência a nossa amiga em comum — disse a segunda voz. — Ansiosamente.

O que faz o pobre e perplexo adversário? As palavras do livro de xadrez estalaram espontaneamente em minha cabeça. *Como pode ele defender tudo ao mesmo tempo? Onde ocorrerá o ataque? Observe Mecir manter Najdorf na corrida, enquanto ele transfere o ataque de um flanco para outro!*

Miscelânea voltou para sua saleta e, nessa ocasião, embora nem tivesse havido uso da força, começou a chorar. Passado um tempo, subiu no elevador até o quarto andar e sussurrou através da caixa de correio para Mary-Certamente, que dormia na esteira.

— Não quis acordar *sahib* — disse Mary. — Você sabe como ele é, não? E *begume sahiba* está tão cansada no fim do dia. Então agora diga, *baba*, o que fazer?

O que ela esperava de mim? Tinha dezesseis anos de idade.

— Miscelânea tem que chamar a polícia — propus inicialmente.

— Não, não, *baba* — disse Mary-Certamente com ênfase. — Se o corteiro fizer um escândalo para os marajás, então no fim é só o corteiro que vai ficar encrencado.

Não tinha outras ideias. Estava parado na frente deles me sentindo um idiota, enquanto ambos cravavam em mim seus olhos assustados e suplicantes.

— Vão dormir — eu disse. — Pensamos a respeito de manhã. — *O primeiro par de grandalhões era de táticos*, pensava eu. *Eram de realização difícil. Mas o segundo par era mais assustador; era de estrategistas. Eles ameaçavam ameaçar.*

Nada aconteceu de manhã, e o céu estava limpo. Era quase impossível acreditar em murros e vozes ameaçadoras à porta. Durante o correr do dia, ambos os marajás visitaram a saleta do porteiro e meteram notas de cinco libras esterlinas no bolso do colete de Miscelânea.

— Defendeu a fortaleza, bom homem — disse o príncipe P...

E o marajá de B... ecoou esses sentimentos:

— Pronto. Tudo sob controle agora, *achha*? O problema acabou.

Nós três — *aya* Mary, o corteiro dela e eu — realizamos um conselho de guerra naquela tarde e decidimos que não havia necessidade de agir mais. O porteiro era a linha de frente em situações como esta, argumentei, e a linha de frente tinha resistido. E agora não havia mais riscos. Garantias foram dadas. Fim da história.

— Fim da história — repetiu duvidosa Mary-Certamente, mas em seguida, procurando tranquilizar Mecir, animou-se.
— Correto — disse. — Muito certamente! Acabado, fim. — Ela bateu uma palma da mão contra a outra para enfatizar. Perguntou a Miscelânea se ele queria jogar xadrez; mas desta vez o corteiro não quis jogar.

10

Depois disso, minha atenção foi desviada, por uma vez, da história de Miscelânea e Mary-Certamente para a violência mais próxima de casa.

Minha irmã do meio, Muneeza, então com onze, estava entrando um tanto cedo na fase da delinquência. Ela era a verdadeira herdeira da fúria cega de papai, e quando perdia o controle era terrível de ver. Naquele verão, ela parecia encrencar com meu pai de propósito; parecia preparada, naquela idade, a testar a força dela contra a dele. (Interferi nas brigas dela com Abba apenas uma vez, na cozinha. Ela pegou a tesoura da cozinha e atirou-a contra mim. Fez um talho na minha coxa. Depois disso guardei distância.)

À medida que testemunhava as guerras entre eles, sentia-me desligado da ideia de família. Olhava para minha irmã estridente e pensava quão brilhantemente autodestrutiva era ela, quão triunfalmente estava arruinando as relações com as pessoas de que mais necessitava.

E olhava para meu colérico e carrancudo pai e pensava na

cidadania britânica. Meu passaporte indiano me permitia viajar somente para um número muito pequeno de países, os quais eram meticulosamente alistados na segunda página ímpar. Mas em breve teria um passaporte britânico, e então, de qualquer maneira, iria me livrar dele. Não teria aquela carranca na minha vida.

Aos dezesseis anos, a gente pensa que pode fugir do pai. A gente não está ouvindo a voz dele falando pela boca da gente, a gente não percebe como nossos gestos já espelham os dele; a gente não o vê no modo como nos mantemos de pé, no modo como assinamos nosso nome. A gente não ouve o sussurro dele em nosso sangue.

No dia em que tenho que lhe falar a respeito, minha irmã de dois aninhos, Chhoti Scheherazade, a pequena Scare--zade, começou a chorar como fazia com frequência durante uma de nossas brigas familiares. Amma e *aya* Mary colocaram-na no carrinho e fugiram depressa. Empurraram-na até Kensington Square e então se sentaram no gramado, soltaram Scheherazade e fizeram observações filosóficas enquanto a menina se cansava brincando. Finalmente, ela adormeceu, e elas voltaram para casa à desfalecida luz da tarde. Diante de Waverley House, foram abordadas por dois rapazes bem-apresentados com cabelo de Beatles e os paletós sem gola e abotoados que se tornaram populares com a banda. O primeiro desses rapazes perguntou para minha mãe, muito educadamente, se ela era a *maarani* de B...

— Não — minha mãe respondeu, lisonjeada.

— Ah, mas é sim, madame — disse o segundo Beatle, igualmente educado. — Porque a senhora está indo para Waverley House e é ali que fica a residência do marajá.

— Não, não — disse minha mãe, ainda corando de satisfação. — Somos uma família indiana diferente.

— Bastante — fez o primeiro Beatle compreensivelmente, e depois, para surpresa de minha mãe, pousou um dedo ao longo do nariz e deu uma piscadela. — Incógnita, né? A palavra é *mãe*.

— Agora nos desculpem — disse minha mãe, perdendo a paciência. — Não somos as senhoras que estão procurando.

O segundo Beatle bateu o pé de leve contra uma roda do carrinho de bebê.

— Seu marido procura senhoras, madame, tinha conhecimento deste fato? É, procura sim. Assiduamente, devo acrescentar.

— Assiduamente demais — falou o primeiro Beatle, o rosto se fechando.

— Estou lhe dizendo que não sou *maarani begume* — disse minha mãe, ficando repentinamente alarmada. — O problema dela não é meu problema. Por favor, deixem-nos passar.

O segundo Beatle aproximou-se mais dela. Ela podia sentir o hálito dele, que cheirava a hortelã.

— Uma das senhoras procurada por ele era nossa protegida, como se poderia dizer — explicou. — Esse é o termo. Sob nossa proteção, entende? Nós, portanto, somos os responsáveis pelo bem-estar dela.

— Seu marido — disse o primeiro Beatle, mostrando os dentes de forma assustadora e erguendo um pouco a voz — danificou o produto. Está me ouvindo, soberana? Ele danificou a porra do produto.

— Engano de identidade, *for favor* — falou Mary-Certamente. — Muitos indianos residentes em Waverley House. Somos senhoras decentes; *for favor*.

O segundo Beatle tirara um objeto do bolso interno do paletó. Uma lâmina reluziu à luz.

— Suas indianas de merda — disse ele. — Vocês merdas vêm pra cá e não sabem como se comportar. Por que não se mandam para a merda da terra de vocês, suas merdas? Vão à merda suas indianas de merda. E agora — acrescentou ele com voz calma, brandindo a faca — desabotoem as blusas.

Nesse exato momento um ruído estridente veio da entrada de Waverley House. As duas mulheres e os dois homens viraram-se para olhar, e de lá saiu Miscelânea, gritando no limite da voz e agitando os braços como uma velha e louca ave nadadora.

— Olá — disse o Beatle com a faca, com ar de surpresa. — E quem é este, então? Oh, oh, a merda dos sete?

Miscelânea estava tentando falar, estava numa extrema agonia de esforço, mas tudo o que emanava de sua boca era um ruído informe e tosco. Scheherazade acordou e juntou-se a ele. Os dois Beatles pareciam descontentes. Mas então ocorreu algo dentro do velho Miscelânea; algo estalou, e, numa grande afobação, tagarelou:

— Senhores senhores não senhores estas não B... mulheres senhores B... mulheres em cima no terceiro andar senhores marajá de B... também senhores verdade por Nosso Senhor jurar túmulo de mãe.

Foi a frase mais longa enunciada por ele desde o derrame que lhe danificou a língua havia muito tempo.

E com toda essa torrente de Mecir e os berros de Scheherazade de repente cabeças espiavam pelas portas, a atenção fora chamada, e os dois Beatles balançaram a cabeça com gravidade.

— Verdadeiro equívoco — o primeiro deles disse a minha mãe apologeticamente, e de fato curvou-se. — Pode acontecer com qualquer um — acrescentou o homem da faca, pesarosamente. Voltaram-se e começaram a se distanciar rapidamente. Ao passarem por Mecir, porém, detiveram-se.

— Mas te conheço — disse o homem da faca. — "Avião jato. Foi-se." — Ele fez um curto movimento de braço, e em seguida Miscelânea, o corteiro, estava caído na calçada, sangue saindo de um ferimento no estômago. — Tudo bem, agora — arquejou, e desfaleceu.

11

No Natal ele estava a caminho da recuperação; a carta de minha mãe aos proprietários do prédio, na qual o chamava de "cavaleiro de armadura reluzente", garantiu que ele fosse bem tratado e que lhe pusessem o emprego à disposição. Ele continuou a viver no pequeno cubículo do térreo, enquanto as tarefas de porteiro eram feitas por empregados que trabalhavam em turnos. "Nada a não ser o melhor para nosso herói", asseguraram os proprietários em resposta a minha mãe.

Os dois marajás e seus séquitos mudaram-se antes de eu vir para casa passar os feriados de Natal, de modo que não tivemos mais visitas dos Beatles ou dos Rolling Stones. Mary-Certamente ficava o quanto podia com Mecir; mas era o aspecto de minha velha *aya* que me preocupava, mais do que o coitado do Miscelânea. Ela parecia mais velha, pulverulenta, como se fosse se desintegrar e virar pó a qualquer momento.

— Não queríamos deixá-lo preocupado na escola — minha mãe disse. — Ela teve problema de coração. Palpitações. Não o tempo todo, mas...

Os problemas de saúde de Mary acalmaram a família inteira. Os acessos de raiva de Muneeza acabaram, e até meu pai estava fazendo um esforço. Eles colocaram uma árvore de Natal na sala de estar e a decoraram com todo tipo de quinquilharia. Era tão esquisito ver uma árvore de Natal em casa que me dei conta de que as coisas deviam estar razoavelmente sérias.

Na véspera de Natal minha mãe sugeriu que Mary gostaria se todos nós cantássemos alguns hinos. Amma escreveu à mão seis cópias de folhas com os cânticos. Quando entoamos "O come, all ye faithful", destaquei-me cantando em latim de memória. Todo mundo se comportou bem. Quando Muneeza sugeriu que tentássemos "Swinging on a star" ou "I wanna hold your hand", em vez daquelas chatices, ela não falou a sério. Isso então é a vida em família, pensei. É isso.

Mas estávamos apenas interpretando.

Poucas semanas antes, na escola, topei com um rapaz norte-americano, o craque do time de rúgbi da escola, chorando no claustro da capela. Perguntei-lhe qual era o problema e ele me contou que o presidente Kennedy tinha sido assassinado.

— Não acredito — disse eu, mas pude ver que era verdade. O craque de futebol norte-americano soluçava sem parar. Segurei a mão dele.

— Quando o presidente morre, o país fica órfão — disse ele, finalmente, papagueando de coração partido uma sábia frase de efeito que provavelmente ouvira na Voz da América.

— Sei como se sente — menti. — Meu pai também acabou de morrer.

O problema de coração de Mary revelou-se um mistério; de maneira imprevisível, ia e voltava. Submeteram-na a todo tipo de exames durante os seis meses que se seguiram, mas a cada vez os médicos terminavam abanando a cabeça: não conseguiam encontrar nada de errado com ela. Fisicamente, estava saudável; exceto que havia aqueles períodos em que o coração escoiceava e pinoteava no peito como os cavalos selvagens de *Os desajustados*, aqueles cujas laçadas e amarras tanto enlouqueceram Marilyn Monroe.

Mecir voltou ao trabalho na primavera, mas aquela sua experiência o privou da autoconfiança. Estava mais lento para sorrir, de olhos mais opacos, mais para dentro. Mary também tinha se voltado mais para si mesma. Ainda se reuniam para o chá, os *crumpets* e os *Flintstones*, mas alguma coisa já não estava certa.

No início do verão, Mary fez um anúncio.

— Sei o que está errado comigo — disse a meus pais, sem mais nem menos. — Preciso ir para minha terra.

— Mas, *aya* — mamãe argumentou —, saudade da pátria não é uma doença de verdade.

— Só Deus sabe por que viemos para este país — disse Mary. — Mas não posso ficar mais. Não. Certamente não.
— Sua determinação era absoluta.

Então a Inglaterra é que estava partindo seu coração, partindo-o por não ser a Índia. Londres a estava matando, por não ser Bombaim. E Miscelânea?, eu me perguntava. Estava o corteiro matando-a também porque deixara de ser ele mesmo? Ou será que seu coração, laçado por dois amores diferentes, estava sendo puxado para o Oriente e para o Ocidente, relinchando e empinando-se, como aqueles cavalos de filme sendo arrastados deste lado por Clark Gable e daquele lado por Montgomery Clift, e ela sabia que para viver tinha que escolher?

— Tenho que ir — disse Mary-Certamente. — Sim, certamente. *Bas*. Basta.

Naquele verão, o verão de 1964, completei dezessete anos. Chandni voltou para a Índia. Rozalia, a polaca amiga de Durré, informou-me, enquanto comíamos um sanduíche em Oxford Street, que estava combinando noivado com um "homem de verdade", e que eu podia esquecer isso de vê-la de novo, porque este Zbigniew era do tipo ciumento. Roy Orbison cantava "It's over" em meus ouvidos enquanto eu caminhava para o metrô, mas a verdade era que nada começara de fato.

Mary-Certamente deixou-nos no meado de julho. Papai comprou-lhe uma passagem só de ida para Bombaim, e aquela última manhã pesou com a dor da despedida. Quando descemos para pôr as malas dela no carro, Mecir, o porteiro, não estava à vista em parte alguma. Mary não bateu à porta de seu cubículo, mas atravessou direto o saguão de painéis de carvalho recém-polidos, cujos espelhos e metais brilhavam; ela se sentou no banco traseiro de nosso Ford Zodiac e ali ficou toda enrijecida, agarrando a bolsa no colo, olhando fixo e reto para a frente. Eu a conheci e a amei minha vida inteira. *Não tem importância o seu corteiro*, queria gritar para ela, *mas e eu?*

Como sucedeu, ela estava certa acerca da saudade da pátria. Depois que retornou a Bombaim, nunca mais teve um só dia de problema com o coração; e, como confirmava a carta escrita pela sobrinha Stella, aos noventa e um ainda estava forte.

Logo depois da partida dela, papai nos disse que decidira "mudar a locação" para o Paquistão. Como sempre, não houve conversa nem explicações, só o simples decreto. Ele desistiu do arrendamento do apartamento de Waverley House no final das férias de verão, e partiram todos para Karachi, enquanto eu voltava para a escola.

Tornei-me cidadão britânico naquele ano. Fui um dos afortunados, suponho, porque, apesar daquele jogo de xadrez, Dodo ficou do meu lado. E o passaporte de fato, de várias maneiras, libertou-me. Permitia-me ir e vir, fazer escolhas que não as que papai desejaria. Mas também eu tenho cordas em torno de meu pescoço, tenho-as até hoje, puxando para esta e aquela direção, Oriente e Ocidente, os laços apertando, ordenando: *escolha, escolha*.

Pinoteio, bufo, relincho, empino-me, escoiceio. Cordas, não as escolho. Laços, laçarias, não escolho nenhum de vocês, ou ambos. Estão ouvindo? Recuso-me a escolher.

Mais ou menos um ano depois de mudarmos, encontrava-me naquela área e passei por Waverley House para ver como estava indo o velho corteiro. Talvez, pensei, pudéssemos jogar uma partida de xadrez, e ele pudesse me derrotar e me reduzir a polpa. Como o saguão estava vazio, bati à porta da pequena saleta. Um estranho atendeu.
— Onde está Miscelânea? — bradei, tomado de surpresa. Desculpei-me em seguida, embaraçado. — Digo, o senhor Mecir, o porteiro.
— Eu sou o porteiro, senhor — disse o homem. — Não sei nada sobre nenhuma miscelânea.

AGRADECIMENTOS

Seis destes contos foram publicados antes, embora numa forma ligeiramente diferente. Apareceram pela primeira vez nas seguintes publicações:

"Bom conselho é mais raro que rubis" no *New Yorker*; "A Rádio Livre" em *Atlantic Monthly*; "O cabelo do Profeta" na *London Review of Books*; "Yorick" em *Encounter*; "No leilão dos chinelos de rubi" na *Granta*; e "Cristóvão Colombo e rainha Isabel de Espanha consumam seu relacionamento (Santa Fé, a. d. 1492)" no *New Yorker*.

"A harmonia das esferas", "Tchekhov e Zulu" e "O corteiro" não tinham sido publicados antes.

"A harmonia das esferas" apoia-se, para alguns dos conteúdos ocultistas, nos escritos de James Webb, especialmente *The occult underground* (Open Court, Illinois, 1974) e *The harmonious circle* (Putnam, 1980).

Em "O corteiro", o autor deseja agradecer as seguintes fontes pela permissão das citações:

Buddy Kaye, Ethel Lee e David Hill pelas letras de "Speedy Gonzales" copyright © 1962, copyright renovado 1990. Copyright internacional protegido. Todos os direitos reservados. Também copyright © David Hess Music Co. (1/3). Com permissão de Memory Lane Music Ltd. Reprodução da letra de "Speedy Gonzales" por gentil permissão de Carlin Music Corp., administrador do Reino Unido.

"Jambalaya (On the Bayou)", letra e música de Hank Williams copyright © 1952 renovado 1980 Acuff-Rose Music Incorporated, USA. Acuff-Rose Opryland Music Limited, London W1. Reproduzido com permissão de Music Sales

Ltd. Todos os direitos reservados. Copyright internacional protegido.

"Big girls don't cry" (letra e música de Bob Crewe e Bob Gaudio) e "Sherry" (letra e música de Bob Gaudio) copyright © 1962, Claridge Music Inc., USA. Reproduzidos com permissão de Ardmore & Beechwood Ltd, London WC2H 0EA.

O trecho citado na página 143 é na verdade um relato de um jogo entre S. Reshevsky e M. Najdorf, em 1957, e descrito em *The most instructive games of chess ever played*, de Irving Chernev (Faber and Faber, 1966).

Finalmente, agradecimentos a Bill Buford, Susannah Clapp e Bob Gottlieb; Sonny Mehta e Erroll McDonald, e Frances Coady e Caroline Michel.

SALMAN RUSHDIE nasceu em Bombaim, Índia, em 1947, de família muçulmana liberal. Em 1968 formou-se em história na King's College, em Cambridge. Passou a dedicar-se à literatura em 1971. De sua autoria, além de *Oriente, Ocidente*, a Companhia das Letras publicou os romances *Os filhos da meia-noite*, que venceu o Booker Prize (1981), o Booker of Bookers Prize (1993) e o Best of Booker (2008); *O último suspiro do mouro*, vencedor do Whitbread Prize (1995); *Haroun e o Mar de Histórias*; *O chão que ela pisa*; *Fúria*; *Shalimar, o equilibrista*; *Os versos satânicos*; *A feiticeira de Florença*; *Luka e o fogo da vida*; *Vergonha*; e a reunião de ensaios e artigos *Cruze esta linha*.

COMPANHIA DE BOLSO

Jorge AMADO
Capitães da Areia

Hannah ARENDT
Homens em tempos sombrios

Philippe ARIÈS, Roger CHARTIER (Orgs.)
História da vida privada 3 — Da Renascença ao Século das Luzes

Karen ARMSTRONG
Em nome de Deus
Uma história de Deus
Jerusalém

Paul AUSTER
O caderno vermelho

Marshall BERMAN
Tudo que é sólido desmancha no ar

Jean-Claude BERNARDET
Cinema brasileiro: propostas para uma história

David Eliot BRODY, Arnold R. BRODY
As sete maiores descobertas científicas da história

Bill BUFORD
Entre os vândalos

Jacob BURCKHARDT
A cultura do Renascimento na Itália

Peter BURKE
Cultura popular na Idade Moderna

Italo CALVINO
O barão nas árvores
O cavaleiro inexistente
Fábulas italianas
Um general na biblioteca
Por que ler os clássicos
O visconde partido ao meio

Elias CANETTI
O jogo dos olhos
A língua absolvida
Uma luz em meu ouvido

Bernardo CARVALHO
Nove noites

Jorge G. CASTAÑEDA
Che Guevara: a vida em vermelho

Ruy CASTRO
Chega de saudade
Mau humor

Louis-Ferdinand CÉLINE
Viagem ao fim da noite

Jung CHANG
Cisnes selvagens

Catherine CLÉMENT
A viagem de Théo

J. M. COETZEE
Infância

Joseph CONRAD
Coração das trevas
Nostromo

Robert DARNTON
O beijo de Lamourette

Charles DARWIN
A expressão das emoções no homem e nos animais

Jean DELUMEAU
História do medo no Ocidente

Georges DUBY (Org.)
História da vida privada 2 — Da Europa feudal à Renascença

Mário FAUSTINO
O homem e sua hora

Rubem FONSECA
Agosto
A grande arte

Meyer FRIEDMAN, Gerald W. FRIEDLAND
As dez maiores descobertas da medicina

Jostein GAARDER
O dia do Curinga
Vita brevis

Jostein GAARDER, Victor HELLERN, Henry NOTAKER
O livro das religiões

Fernando GABEIRA
O que é isso, companheiro?

Luiz Alfredo GARCIA-ROZA
O silêncio da chuva

Eduardo GIANNETTI
Auto-engano
Vícios privados, benefícios públicos?

Edward GIBBON
Declínio e queda do Império Romano

Carlo GINZBURG
Os andarilhos do bem
O queijo e os vermes

Marcelo GLEISER
A dança do Universo

Tomás Antônio GONZAGA
Cartas chilenas

Philip GOUREVITCH
Gostaríamos de informá-lo de que amanhã seremos mortos com nossas famílias

Milton HATOUM
Cinzas do Norte
Dois irmãos
Relato de um certo Oriente

Eric HOBSBAWM
O novo século

Albert HOURANI
Uma história dos povos árabes

Henry JAMES
Os espólios de Poynton
Retrato de uma senhora

Ismail KADARÉ
Abril despedaçado

Franz KAFKA
O castelo
O processo

John KEEGAN
Uma história da guerra

Amyr KLINK
Cem dias entre céu e mar

Jon KRAKAUER
No ar rarefeito

Milan KUNDERA
A arte do romance
A identidade
A insustentável leveza do ser
O livro do riso e do esquecimento
A valsa dos adeuses

Primo LEVI
A trégua

Danuza LEÃO
Na sala com Danuza

Paulo LINS
Cidade de Deus

Gilles LIPOVETSKY
O império do efêmero

Claudio MAGRIS
Danúbio

Naghib MAHFOUZ
Noites das mil e uma noites

Janet MALCOLM (JORNALISMO LITERÁRIO)
O jornalista e o assassino

Javier MARÍAS
Coração tão branco

Ian MCEWAN
O jardim de cimento

Heitor MEGALE (Org.)
A demanda do Santo Graal

Evaldo Cabral de MELLO
O negócio do Brasil
O nome e o sangue

Patrícia MELO
O matador

Luiz Alberto MENDES
Memórias de um sobrevivente

Jack MILES
Deus: uma biografia

Ana MIRANDA
Boca do Inferno

Vinicius de MORAES
Livro de sonetos
Antologia poética

Fernando MORAIS
Olga

Toni MORRISON
Jazz

Vladimir NABOKOV
Lolita

V. S. NAIPAUL
Uma casa para o sr. Biswas

Friedrich NIETZSCHE
Além do bem e do mal
Ecce homo
Genealogia da moral
Humano, demasiado humano
O nascimento da tragédia

Adauto NOVAES (Org.)
Ética
Os sentidos da paixão

Michael ONDAATJE
O paciente inglês

Malika OUFKIR, Michèle FITOUSSI
Eu, Malika Oufkir, prisioneira do rei

Amós OZ
A caixa-preta

José Paulo Paes (Org.)
Poesia erótica em tradução

Georges PEREC
A vida: modo de usar

Michelle PERROT (Org.)
História da vida privada 4 — Da Revolução Francesa à Primeira Guerra

Fernando PESSOA
Livro do desassossego
Poesia completa de Alberto Caeiro
Poesia completa de Álvaro de Campos
Poesia completa de Ricardo Reis

Ricardo PIGLIA
Respiração artificial

Décio PIGNATARI (Org.)
Retrato do amor quando jovem

Edgar Allan POE
Histórias extraordinárias

Antoine PROST, Gérard VINCENT (Orgs.)
História da vida privada 5 — Da Primeira Guerra a nossos dias

Darcy RIBEIRO
O povo brasileiro

Edward RICE
Sir Richard Francis Burton

João do RIO
A alma encantadora das ruas

Philip ROTH
Adeus, Columbus
O avesso da vida

Elizabeth ROUDINESCO
Jacques Lacan

Arundhati ROY
O deus das pequenas coisas

Murilo RUBIÃO
Murilo Rubião — Obra completa

Salman RUSHDIE
Haroun e o Mar de Histórias
Oriente, Ocidente
Os versos satânicos

Oliver SACKS
Um antropólogo em Marte
Vendo vozes

Carl SAGAN
Bilhões e bilhões
Contato
O mundo assombrado pelos demônios

Edward W. SAID
Orientalismo

José SARAMAGO
O Evangelho segundo Jesus Cristo
O homem duplicado
A jangada de pedra

Arthur SCHNITZLER
Breve romance de sonho

Moacyr SCLIAR
A majestade do Xingu
A mulher que escreveu a Bíblia

Amartya SEN
Desenvolvimento como liberdade

Dava SOBEL
Longitude

Susan SONTAG
Doença como metáfora / AIDS e suas metáforas

I. F. STONE
O julgamento de Sócrates

Jean STAROBINSKI
Jean-Jacques Rousseau

Keith THOMAS
O homem e o mundo natural

Drauzio VARELLA
Estação Carandiru

John UPDIKE
As bruxas de Eastwick

Caetano VELOSO
Verdade tropical

Erico VERISSIMO
Clarissa
Incidente em Antares

Paul VEYNE (Org.)
História da vida privada 1 — Do Império Romano ao ano mil

XINRAN
As boas mulheres da China

Ian WATT
A ascensão do romance

Raymond WILLIAMS
O campo e a cidade

Edmund WILSON
Os manuscritos do mar Morto
Rumo à estação Finlândia

Simon WINCHESTER
O professor e o louco

1ª edição Companhia das Letras [1995]
1ª edição Companhia de Bolso [2011]

Esta obra foi composta pela Verba Editorial em Janson Text
e impressa pela Prol Editora Gráfica em ofsete
sobre papel Pólen Soft da Suzano Papel e Celulose